KB215105

《성난 물소 놓아주기》실천편

멈춤의 여행

각산

공감의
기쁨

멈춤의 여행 《성난 물소 놓아주기》 실천편

3판 1쇄 발행 2016년 1월 20일

지은이   각 산
펴낸곳   공감의기쁨
등록   2011년 7월 20일 제 313-2011-204호
주소   서울시 강서로 33가길 18
E-mail   goodbook2011@naver.com

ISBN   978-89-97758-13-5 (03810)

※ 이 책은 저작권법에 따라 보호받는 저작물이므로 무단 전재와 복제를 금합니다.
※ 이 책의 전부 혹은 일부를 이용하려면 저작권자와 공감의기쁨의 동의를 받아야 합니다.
※ 잘못된 책은 구입하신 서점에서 바꾸어 드립니다.

인생은 고통의 여행이며
명상은 그것의 멈춤이다

삶의 변화는 실천법에 있다

삶의 성공적인 변화는 이론이 아니라 실천법에 있습니다. 실천법을 모르면 현실과 이상은 괴리가 생깁니다. 이론적으로는 맞는 것 같은데 현실에서 적용되지 않는 것은, 체험하지 않고 머리로 궁리해 만들어낸 이야기이기 때문입니다. 명상은 체험이지 이론이 아닙니다.

시중의 명상 지침서들을 보면 너무도 다양한 수행법이 난무하고 그 내용 또한 어렵고 복잡합니다. 이 책은 번쇄한 이론을 피하고 경전에 충실해 문자 그대로의 핵심만 추려 올바른 명상의 기본원리를 제시하고자 했습니다.

비록 역량이 부족했지만, 10년 넘게 올바른 명상법의 핵심을 찾고자 세계 각지의 명상 고승을 탐방하고 수행하면서 체험한, 보석과도 같은, 붓다의 고대 명상과 세계 명상의 신기원을 이룬 명상스승 아잔 브람(아잔 브라흐

마)의 명상법입니다. 체험이 따라야 자신의 목소리를 낼 수 있습니다. 이 책의 명상법은 자칫 위험이 따를 수 있는 단전호흡, 뇌호흡, 기공수련 같은 수련이나 미얀마 방식으로 일관된 위빠사나 명상을 탈피한, 진품의 마음 계발 명상법입니다.

특히, 호흡명상법(아나빠나-사띠)은 미얀마 밀림 속 고승 파욱 선사의 법문 일부와 명상스승 아잔 브람의 명상안 내서인《명상기본법(The Basic Method of Meditation)》과《명상을 통한 행복(Happiness through meditation)》의 일부를 참고했습니다.

이생에서 사라져버린 숲 속 명상 수행승과 아잔 브람에게 공덕을 회향하며 그 인연으로 모두 대자유의 열반을 성취하시길.

2012년 하안거

각산 합장

2011년 보디니야나 수행센터에서 스승 아잔 브람 스님과 함께.

1
명상이란 무엇인가?

비움의 미학

요즘 사람들은 생각이 너무 많습니다. 생각을 조금이라도 내려놓을 수 있다면 우리의 삶은 훨씬 더 쉽고 자연스럽게 흘러갈 것입니다.

아무리 뜨거운 열기도 차가운 기운이 생기면 차가워지게 마련입니다. 우리 마음도 뜨거운 열기로 들떠 있다가도 명상의 차분한 기운을 만나면 고요하게 가라앉습니다. 들뜬 열기를 놓아버릴 때 진정한 마음의 평안과 정신적 안정과 삶의 지혜가 열립니다. 내려놓기 연습은 명상의 출발입니다. 명상은 비움의 미학입니다.

진리를 설하는 자는 싸우지 않지만, 진리가 아닌 것을 설하는 자는 싸웁니다. '참나 찾기'는 명상 속에서 가능합니다. 비움의 미학은 내 안의 우주를 만나게 해줍니다. 애쓰지 않아도 삶의 방향을 잡아줍니다. 영감이 무궁무진하게 쏟아져 나오는 인생의 지혜를 얻게 합니다.

인생은 나의 작품이다

삶의 질은 환경에 따라 달라집니다. 오랜 시간 쌓인 운명 같이 정해진 삶의 환경은 너무나 바꾸기 힘듭니다. 그런 환경은 우리 스스로 행한 삶의 행위에 제약을 받습니다. 이는 우리 스스로 만든 고뇌의 작품입니다. 어떻게 해야 할까요?

마음의 고통은 저절로 생겨나지 않습니다. 비관적인 생각과 집착하는 것에 부딪히면 고통이 됩니다. 그 고통은 어느 창조주의 말씀 한마디, 신통을 부리는 이의 약한 알, 어떤 주문 한 줄로 벗어날 수 없습니다.

각자의 종교 안에서 열심히 기도하고 심신을 바쳤지만 한계에 봉착하고 맙니다. 그것만으로는 우리의 업력을 녹이지 못하기 때문입니다. 업력 소멸은 자기 마음을 깨치는 견성으로만 가능합니다. 견성은 명상을 통한 '참나 찾기'에서 이루어집니다.

마음의 평화

번뇌는 탐심과 성냄과 어리석음 때문에 일어납니다. 이로 인해 인간은 돌고 도는 삶의 고통을 받고 있습니다. 몸과 마음이 욕망의 전차가 되어 뜨겁게 달리고 있다면,

세상 그 어떤 부귀영화를 지니고 있다 한들 편안하게 잠들 수 없을 겁니다.

세상 어느 부귀보다 백만 배, 천만 배 넘치는 부귀는 마음의 평화를 찾는 것입니다. 마음의 평화를 얻은 이는 탐진(貪瞋, 재물욕, 명예욕, 애욕, 분노, 성냄)의 마음을 버립니다.

분노는 억제한다고 사라지는 것이 아닙니다. 억지로 침으면 화병이 생깁니다. 분노는 이해하는 것입니다. 분노의 원인을 이해할 때 비로소 자유가 생깁니다. 분노하거나 속상한 일이 있을 때는 감정을 버리고 그냥 그대로 보아야 합니다. 모든 행위는 그물에 걸리지 않는 허

공과 같으므로 일어나는 것을 그냥 지켜보십시오. 모든 일은 구름에 달 가듯이 일어나 사라지는 것입니다. 감정이 일어나는 그대로 알아차리기만 하십시오. 감정은 또 다른 조건에 의해 사라져버리는 일시적 현상일 뿐입니다.

객관적으로 알아차릴 때 마음의 평화가 찾아옵니다. 탐진을 버린 이는 신뢰하고 의지할 만하고 세상을 속이지 않습니다.

이간질하지 않고 진실하며 새길 가치가 있는 말만 합니다. 탐진을 내려놓은 이는 내려놓지 못하는 사람보다 편안하고 행복하게 오래 삽니다.

체험한 만큼의 인생

수행은 철학적이고 심리적인 해석보다 체험이 중요합니다. 자기가 살아온 만큼 삶이 보이듯 수행도 체험한 만큼 보입니다.

수행 없이 글귀만 파고들어가 궁리해보아야 아무것도 연구할 것이 없습니다. 머리로만 이해하고 안다고 해봐야 실제 상황에 맞닥뜨렸을 때는 아무런 도움이 안됩니다.

수행은 책에도 있지 않고 붓다나 신에게도 있지 않습니다. 몸으로 아는 것이 중요합니다. 수행을 스스로 하지 않고 듣기만 하면 남의 돈만 세어주는 격입니다. 수행은 자기가 하는 것입니다.

체험이 먼저 있고 이론이 있습니다. 직접 씨를 뿌리고 밭을 갈아야 소득이 있지, 농사법만 백날 읽는 것은 아무 소용이 없습니다.

팔만대장경과 성경을 다 읽고 사서삼경에서 제자백가까지 독파한다고 해도, 책에서 읽은 글귀만 가지고는 실생활에 별 도움이 안 됩니다. 더욱이 죽음 앞에서는 아무 소용이 없습니다.

인생 대자유의 길은 이론에 있는 것이 아니라 명상으로 참나를 찾는 것에 있습니다. 명상은 직접 체험해보는 것입니다.

명상은 불사(不死)의 문(門)

명상은 믿음이나 논리가 아닙니다. 명상은 실제 삶에 변화와 이익을 제공하는 과학이요, 생명의 본질입니다.

정통명상은 한량없는 수명연장도 가능하게 하는 불사(不死)의 문입니다. 목숨이 다할 때는 염라대왕과도 겨루어 천당과 지옥도 가려 갈 것입니다.

담마(법, 진리)의 진리를 배워 수행해 선정(삼매)을 성취하고 올바로 정진하는 사람들은 죽음의 지배를 받지 않습니다. 자신의 생각 속에 갇혀 있는 한, 이 법을 이해하기는 어려울 것입니다.

지금까지의 믿음을 내려놓으십시오.

수행 없이 깨침도 없다

업(業)은 자신의 습관에 의해 결정됩니다. 마음에 습기가 가득한데 아무리 주력을 한들, 그 마음이 깨어날 수 있을까요? 마음의 대자유를 얻는 견성은 자기 의지의 힘이지, 주문이나 염불, 신을 찾는 기도의 힘이 아닙니다.

외부의 힘에 의지한 기도는 근기(깨닫는 능력)가 낮은 사람이나 하는 교묘한 방편(善方便)일 뿐입니다.

수행 없이는 깨침이 없고, 깨달음 외에는 달리 성자가 되는 길이 없습니다. 현재의 이 마음을 한순간 꿰뚫어볼 때 진정한 열락을 만납니다.

명상은 어떤 주력이나 기도보다 월등히 센 힘을 가지고 있습니다. 참회기도로도 물론 일부분의 업력이 소멸되겠지만, 업력의 완전한 소멸은 견성을 통해서만 가능합니다. 명상만이 인생의 자유를 이끕니다.

마음은 육체의 지배자

붓다의 담마는 중생을 구원함에 조건을 논하지 않고, 대가 없이 중생을 도와줍니다. 담마에 귀의하는 자에게는 아주 많은 명(命)을 세워주게 합니다.

담마는 우리에게 일심을 알려주었지만 정작 우리는 그 법을 알지 못해 일심이 안에 있는 것도 모르고 밖에서 구하려 했습니다.

밖에서 구하려고 하는 한 영원히 일심을 만나지 못하는 것도 모른 체 말입니다. 중생은 임종에 이르러서야 자기가 영원히 죽는 줄 알고 죽음을 두려워합니다.

그것은 마음이 미혹해 자기 마음이 우주의 영원한 생명인 줄 모르기 때문입니다. 생명의 본질은 일심에 있습니다. 비록 육신은 죽었을지라도 마음은 사라지지 않습니다. 마음은 육신의 지배자요, 우주법계의 주인이며, 영원히 물들지 않는 참나 이건만, 스스로 지어낸 관념의

사슬에 매여 삶의 질곡을 만들어내고 있습니다. 마음의 본바탕은 큰 바다의 고요한 물이고 생각은 바다 위의 거품과 같아, 생각을 쫓아보아야 일심은 육도만행을 해도 만나지 못합니다. 안이 밝아야 바깥도 보입니다.

성공명상

성공한 사람은 그만의 습관이 있습니다. 습관은 인생의 항로를 결정해주고 운명을 바꿉니다. 오랜 습관은 바꾸기 어려울 수 있지만 마음은 길들이는 대로 되기 때문에 내 마음을 어떻게 길들이느냐에 따라 바뀔 수 있습니다.

성공과 실패, 행복과 불행은 자기가 생각한 만큼의 결과입니다. 마음이 모든 것을 창조하기 때문입니다. 낙관적 사고는 성공의 모태입니다. 크든 작든 자기만큼의 능력이 있습니다. 처음 주어진 조건은 불공평했지만, 그이후의 삶은 각자의 노력과 공덕에 따라 차이가 더욱벌어지게 됩니다. 현재는 미래를 이야기합니다. 성공의밑거름은 지금 있는 자리에서 주인공이 되는 것입니다.

오늘 할 일에 열중해야지, 내일이 어떻게 변할지 누가알 수 있겠습니까? 어떤 장소든 자신이 그곳에 있기를 원하지 않으면, 그 장소가 아무리 안락한 곳이라 해도 감옥이 되고 맙니다. 무슨 일을 하든 그 일을 사랑하십시오. 그러나 지나친 의욕은 도리어 당신을 힘들게도 합니다.

열정을 갖되 욕심을 내려놓으면 미래는 그대의 것이, 우리의 것이 됩니다. 머리보다는 가슴으로 사십시오.

과거는 이미 가버렸고 미래는 오지 않았습니다. 왜 나는 이것밖에 안 되는가? 한탄만 하다가는 퇴보의 삶, 오리무중 인생이 됩니다. 비관적 사고는 실패와 장애의 연속이 됩니다. 마음속의 감독관을 내려놓고, 지금 이 순간의 나를 자비롭게 하는 것이 미래의 나를 해방시켜줍니다.

원력(원하는 마음 또는 동기부여)이 없으면 목표달성이 없습니다. 목표는 열정의 동기부여가 되어야지, 속박이 되어서는 안 됩니다.

목표는 정신적 가치와 물질적 가치를 함께 지니고 있어야 합니다. 이러한 원력은 참나를 찾는 명상에서 이루어집니다. 참나 찾기 명상은 진정한 삶의 가치를 제공하고, 생로병사의 고통을 끊어주는 과학적인 성공 프로그램입니다.

명상의 목표

명상은 모든 고뇌와 번뇌로부터 자유로워지고 행복을 추구하는 것입니다. 명상은 자유를 체험하게 하는 수행으로, 우리의 마음이 가장 진귀한 보석임을 깨닫게 합니다.

범부(凡夫, 평범한 사람)의 마음을 영원한 대자유의 해탈자로 전환해줍니다. 이를 열반(완전한 행복의 대자유)의 성취라 합니다. 열반의 성취는 우리의 본모습인 참나와 만나는 것입니다. 열반의 문은 선정의 증득에 있습니다.

이러한 체험은 삶을 획기적으로 전환해주고 잠재력을 무한대로 계발해주고 더 할 수 없이 황홀하고 행복한 텅 빈 고요함의 무아지경으로 안내하며 인생 최고의 행복을 경험하게 하고 보리반야(菩提般若, 깨달음의 지혜)를 얻게 합니다.

깨달음은 선정 없이 절대 이루어지지 않습니다. 선정

없는 깨침은 얕은 통찰이고, 깊은 통찰은 선정을 통해 이루어집니다. 이 말은 매우 중요합니다. 선정은 명상의 요체요, 깨침의 결정체입니다.

명상의 선물

진품의 명상은 모든 사람에게 마음의 평화와 안정, 스트레스 해소, 자기 계발, 집중력 강화, 업무능력 향상, 목표달성을 제공하며 우울증과 공황장애에서 벗어나게 합니다.

진품 명상은 마음으로부터 당장 얻을 수 있는 직접적 이익과 미래의 간접적 이익 등 헤아릴 수 없는 축복을 누리게 합니다.

장년층에게는 가정 평화, 심신 안정, 건강 증진, 갱년기 장애 극복을, 학생과 청소년에게는 두뇌계발, 인내력 향상과 인격배양의 효과를 가져다줍니다.

진품 명상은 최고의 행복인 마음의 평안을 얻게 하고,

가정의 안녕과 화목, 그리고 건강, 성공, 명예를 얻게 하고, 자살, 실업 같은 사회불안을 해소합니다.

사업가는 사업에서 성공하고, 교육계는 인성교육과

학습능률 향상을, 사법계는 공명정대와 명안판결을, 의료계는 인술명의와 안심입명(安心立命, 마음이 편안하고 안정되어 생사를 초월한 평안한 마음에 머무름)을 이룰 수 있습니다.

이러한 명상의 효과는 이미 신경과학 분야의 세계적인 학술지 〈신경과학저널(Journal of Neuroscience)〉에서 발표된 내용입니다. 붓다의 명상과 철학은 전 세계 인류의 평화와 구원의 대안으로 주목받고 있습니다.

행복과 만족을 얻고, 심신이 안정되는 탁월한 방법으로 붓다의 명상만큼 과학적이고 효과적인 방안이 없기 때문입니다.

특히 이 책에서 다루고 있는 호흡명상(아나빠나-사띠)은 붓다가 직접 깨달음을 얻은 수행으로, 전 세계에 널리 알려진 대표적 명상법이요, 서양의 지식층이 선호하는 수행법입니다.

깨달음의 기쁨

지혜는 비우는 것입니다. 비우는 만큼 한가하고 여유로워집니다. 동시에 삶의 번뇌를 녹여줍니다.

그러한 지혜는 명상에서 나옵니다. 붓다의 담마는 명상을 체험함으로써 얻는 깨침입니다. 체험 없이 이론에만 의지하게 되면, 결국 남의 살림만 살아줄 뿐입니다. 이론이 많으면 가설적 번쇄철학만 낳습니다.

유무에 얽매인 세간의 지식은 내면의 평화와 다릅니다. 머리로만 아는 세간의 알음알이를 내려놓을 때, 직관과 통찰의 지혜가 열리고 삶의 대자유를 안게 됩니다. 시간과 장소를 가리지 말고 하루에 한 번이라도 앉으십시오. 잠시라도 고요히 앉아 있으면 온몸과 마음은 상쾌해지고 피로가 사라집니다. 명상은 하루하루가 재미있는 만족의 인생이며 생로병사의 비밀을 여는 신비한 깨달음의 세계입니다. 번뇌의 원천들을 소멸해버립니다.

명상의 이론과 실제

이 책은 붓다의 명상인 안반선과 간화선을 주된 수행법으로 삼아 설명하고자 합니다.

안반선이란 들숨과 날숨을 알아차리는 호흡관찰법(건강 위주의 일반적 수련인 단전호흡이나 뇌호흡, 기공수련과는 차원이 다르다. 일반적 호흡법은 깨침의 키워드인 선정을 실현시키지 못한다)으로 성불한 붓다의 고유한 명상법입니다.

간화선은 유구한 역사를 가진 찰나 찾기의 명상인 "이 뭣고?"라는 화두입니다. 각자의 성향과 인연에 따라 안반선을 먼저 할 수 있고, "이 뭣고?" 화두를 통한 간화선을 먼저 할 수도 있습니다.

호흡명상은 세계적 명상스승인 아잔 브람(1951년 런던에서 태어나 케임브리지대 물리학과를 졸업한 후, 태국 고승 아잔 차의 상수제자가 되었다. 현재 호주에서 많은 서양인 제자를 가르치고 있다. 지금 세계 불교는 아잔 브람의 시대다)으로부터 배운 수행법을 토대로 마음관찰, 호흡관찰, 호흡 전체 보기, 감미로운 호흡, 빛의 체험, 선정으로 이어지는 여섯 단계를 거칩니다.

붓다의 정통 명상법이 접목된 간화선 수행은 사마타-위빠사나(사마타는 멈춤과 평온의 선정수행법이고, 위빠사나는 지혜계발의 통찰수행법)와 함께 지금 이 순간의 관찰자인 '아는 마음'을 통해 간화선의 특성과 본질을 더욱 간결하고 쉽게 체험할 수 있습니다.

모든 것은 간단해야 좋습니다. 불교의 수행법은 그다지 복잡하지 않습니다. 수행 이론이 너무 장황하거나 수행법이 많으면 수행을 어렵게 만듭니다.

"왜 그런가?"하는 화두와 호흡명상은 그 자체로 명상과학의 결정체요, 완전한 깨달음으로 이끌어주는 정혜쌍수(定慧雙修, 선정과 지혜를 함께 닦음)의 바와나 수행입니다. 바와나(bhavana)란 마음계발 수행으로, 시각, 청각, 후각, 미각, 감촉, 정신의 여섯 가지 문으로 일어나는 탐착과 번뇌의 마음을 닦는 정신계발 수행을 말합니다.

어느 생에 다시 만나리오

세월은 내가 무엇을 해도 가고, 안 해도 가는 것입니다. 어차피 가는 시간, 인생의 진짜 공부인 참나 찾기를 하십시오.

물은 배를 띄우기도 하지만 배를 뒤집기도 하듯 욕망은 우리의 안녕을 보장할 수 없습니다. 날카로운 칼날 끝에 묻은 꿀방울을 혀로 핥다가 혀가 잘리는 고통의 진리를 이해하지 못하면, 욕망의 전차는 멈추지 않습니다.

어떤 즐거움을 추구한다고 해도 그 즐거움은 영원하지 않고, 아무리 많은 기쁨을 갖는다 해도 결국 세월의 안개 속에 사라져가고 말 것입니다. 생로병사는 수행의 힘에 의해 내가 원하는 대로 환생하는 원력수생입니다.

자기 의사와는 상관없이 지은 업보에 의해 받게 되는 윤회업보의 업력수생이 아닙니다. 수행은 준비된 자만

이 할 수 있습니다. 이번 생에 이 몸을 제도하지 않으면 어느 생에 이 몸을 제도하겠습니까? 선칠(禪七, 명상 일주일)이면 여러분의 운명을 완전히 성공하는 자의 운명으로 바꿀 수 있습니다.

수행의 워밍업(생각 내려놓기 연습)

수행은 마음의 전환입니다. 너무 많이 갖고자 하면 도리어 갖지 못하고 생각이 많을수록 자기를 속박하는 병통이 됩니다. 명상의 기본은 생각 내려놓기입니다. 무엇이든 놓아버리십시오.

마음을 누르지 못하면 얻지 못하고 화를 초래합니다. 고통과 번뇌의 시발점은 성급함과 욕심입니다. 멀리 나는 새는 날개 외에는 아무것도 지니고 있지 않습니다. 무거운 마음으로는 참나를 찾을 수 없습니다.

명상하는 시간만이라도 모든 짐을 내려놓고 포기하는 마음을 가져야 합니다. 뒤돌아보지 말고 과감하게 모든 것을 내려놓으십시오. 미래의 계획을 포함한 모든 근심거리와 생각을 과감하게 내려놓아야 합니다. 조건이 지워진 것은 무상합니다.

그것은 우리의 바람대로 되지 않을 것이고 자체의 진

로를 따라갈 것입니다. 행위는 있으나 행위자가 없습니다. 무아입니다. 거머쥐려 하는 것은 무의미할 뿐입니다. 비우는 만큼 채워집니다. 현자들은 내려놓는 삶을 "지금 여기에서 가장 행복한 삶"이라고 부릅니다.

대부분의 수행자는 삼매(절대고요의 세계, 초집중력의 경지)를 원하지만 세간의 집착을 포기하지 못해 마음이 동요하고 세간의 대상 사이를 방황합니다.

그들은 마음이 고요해지도록 노력하지만 실패하고 맙니다. 현재에 만족하지 않고 포기하지 못했기 때문입니다. 집착은 수행의 진보에 커다란 장애물입니다.

마음이 뭔가를 자꾸 만들어내더라도 의미를 부여하지 말고 내려놓으십시오. 좌선할 때는 모든 생각을 내려놓겠다는 강한 결심을 가지는 것이 중요합니다.

진정한 내려놓음은 현재를 인정하고 받아들이는 것입니다.

과거를 놓아주면 현재가 즐겁다

　미래는 예측할 수 없습니다. 미래는 우리가 기대하고 생각했던 바와는 항상 다른 것이 되고 맙니다. 불확실한 미래의 일을 미리 걱정하는 것은 기우입니다.

　과거를 놓아버린 사람은 지금 이 순간 자유롭습니다. 과거는 지나간 일일 뿐, 현재에 존재하지 않습니다. 존재하지도 않는 과거에 사로잡혀 있는 것은 현재의 내가 그 기억에 매달려 있기 때문입니다. 과거를 후회하는 것은 아무 이익도 없고, 오지 않은 미래를 걱정하는 것도 정신적 에너지를 쓸데없이 소모하는 일입니다.

　현자는 만물에 응하되, 머물지 않는 마음으로 지나갑니다. 자신의 시각으로 형상을 보지만, 그 인상이나 특징에 집착하지 않습니다. 망념은 일으킨 생각에 끌려 다님이요, 그 마음을 거둬들이면 지혜입니다.

참나를 찾아주는 참스승

인생은 누구를 만나느냐에 따라 길이 완전히 달라지듯 사람의 영혼을 다루는 도의 세계에서 어떤 스승과 인연이 되느냐에 따라 다음 생의 운명까지 바뀝니다.

깨달음의 세계로 가려면 삼도(三道, 도사, 도반, 도량)를 갖추어야 합니다. 이 세 가지가 화합되어야 도를 얻을 수 있습니다. 그중 가장 중요한 것이 스승입니다. 길 없는 길은 그 길을 탐험해본 이에 의해서만 알 수 있기 때문입니다. 선지식(善知識, 자신의 삶에 이정표를 세워줄 견문을 쌓은 스승)은 만나기 쉽지 않습니다. 참스승을 친견하고도 믿지 못하고 확신하지 못하면 그의 마음은 열심과 인내와 정진(精進, 상황에 알맞은 노력)으로 향하지 못하게 됩니다. 학식 때문에 스승을 따르는 것이 아닙니다.

오랜 세월 담마를 배우고 수행하며 올바른 견해를 체험한 깨달음을 따르는 것입니다.

지금을 놓치지 마라!

수행이 안 된다고 하는 마음이나 잘된다고 하는 마음의 근원은 법성(담마의 마음)을 본질로 하는 성품입니다. 부정적인 시각 속에는 공부가 눈에 들어오지 않습니다.

높은 곳만 쳐다보는 사람은 정작 발밑의 돌을 보지 못해 걸려 넘어지고, 하늘의 별만 찾는 사람은 눈앞의 아름다운 꽃도 보지 못합니다.

도를 깨치는 것은 세수하다 코를 만지는 격입니다. 어느 날 불현듯 기존의 관념과 다른 새로운 이치를 보게 될 것입니다.

옛사람들은 "이 일은 한 사람이 만 명의 적을 물리치는 것과 같은 일"이라고 했습니다. 끊임없는 정진만이 열반의 언덕으로 인도합니다.

지금을 놓치지 마십시오. 오랜 세월이 지나도 옛날이 아니고, 만세를 뻗쳐도 항상 지금입니다. 고차원 철학이요, 생로병사의 비밀을 풀 수 있는 마음수양의 최고봉인 참선(명상)과의 인연은, 백천만겁에도 만나기 힘든 일생일대 절호의 찬스입니다.

2

붓다의 명상

숨 쉬고 있는 시간 그 자체

사람은 죽기 전까지는 자기가 알든 모르든 숨을 쉬고 있습니다. 살아 있는 한 숨을 쉬기에 호흡은 아주 훌륭한 명상의 대상이 됩니다. 단지 호흡을 마음에 챙기는 것만으로도 아주 간편하고도 유효한 수행이 됩니다.

숨 쉬고 있는 시간 그 자체가 훌륭한 명상입니다. 자신의 호흡만 바라보면 되기 때문입니다.

호흡만 관찰해도 온 정신과 육신이 시원해지고 고결해집니다. 호흡을 보는 순간 신기하게도 우리 마음의 잡다한 생각과 망상과 번뇌가 멈춰지고 고요히 안정됩니다.

마음이 고요해지면 마음의 소리가 들리고 마음의 소리가 들리면 인생사 가닥이 잡힙니다.

마음의 소리는 생사의 비밀과 삶의 안목을 여는 지혜의 소리입니다. 지혜의 소리는 우리를 욕망의 전차에서 뛰어내리게 해줍니다. 칸트도 "욕망에서 비롯된 모든 행동은 자유로울 수 없다"고 말했습니다.

마음의 평화를 유지하기 위해서는 호흡관찰법을 익혀야 합니다. 호흡관찰은 심신을 단련하는 매우 효과적인 방법입니다. 처음에는 단순히 호흡만 쳐다봤을 뿐인데 세상사 모든 번잡함이 사라진 텅 빈 고요의 세계에 도달하게 됩니다. 지친 몸과 마음을 쉬게 하는 최고의 충전상태라 하겠습니다.

방법은 간단합니다. 들숨과 날숨을 관찰해 마음의 눈으로 숨 쉬는 것을 알아차리기만 하면 됩니다.

마음관찰(첫 번째 단계)

마음관찰 1_지금 이 순간 알아차리기

지금 이 순간을 알아차리는 사띠빠타나(satipatthana)는 대상을 일어나는 대로 관찰하는 것을 말합니다.

지금 이 순간 알아차리기는 위빠사나 명상의 기본이자 선정과 지혜를 성취하게 하는 사마타-위빠사나의 기초입문 단계입니다.

사마타-위빠사나를 닦으면 깊고 오묘한 이치를 꿰뚫게 됩니다. 위빠사나의 지혜를 획득하기 위해 먼저 몸과 마음의 집합체인 오온(五蘊, 색色-육체, 수受-느낌, 상想-인식, 행行-의도, 식識-의식)을 알아차려야 합니다.

붓다의 명상 첫 단계인 마음관찰은 지금 이 순간과 생각을 알아차리는 수행입니다. 지금 이 순간 생각하는 대상을 일어나는 즉시 알아차리지 않으면 집착의 고리를 벗어날 수 없습니다. 마음관찰은 그런 정신과 물질의 오온을 알아차리는 것입니다. 우리 인간이 오온으로 구성되어 있다는 것을 깨닫지 못하면, 나를 변하지 않는 자아의 실체로 잘못 인식하게 됩니다. 그러므로 바른 견해와 이해를 갖고 이러한 오온을 알아차려야 합니다.

어떻게 오온을 알아차릴 수 있는가? 자신의 몸과 마음에서 일어나는 느낌과 법을 알아차리는 것입니다.

행선(걷기명상)을 할 때 왼발과 오른발을 들고 내려놓는 동작을 주시해 알아차리는 것이고, 좌선할 때 신체의 앉음과 닿음을 알아차리거나 들숨과 날숨의 호흡을 알아차리는 것입니다.

알아차림은 걸을 때는 걷는 것을 알고, 앉고 설 때는 앉고 섬을 아는, 순간에 일어나는 실제적 움직임을 놓치지 않는 것입니다.

다른 육체적, 정신적 현상도 매 순간 놓치지 않고 있는 그대로 알아차려야 합니다. 일어나는 현상들을 알아차리지 못하면 탐욕, 분노, 집착이 발생하게 될 것입니다. 보는 대상 역시 알아차리지 못하면 아름답고 멋있는 외양에 대한 집착으로 발전해, 보고 듣는 나(自我)가 있다는 견해가 발생합니다. 그것은 우리의 주관적 환상입니다. 자아로서의 현상만 있을 뿐, 실체로서의 자아는 없습니다.

정신과 육체의 모든 현상을 알아차리게 되면, 오온을 통해 일어나는 모든 것은 머물지 않고 항상 사라진다는 것을 알게 됩니다.

그 결과 모든 집착은 내려놓아집니다. 현재에 일어나는 생각과 순간을 알아차리게 되면, 모든 것은 언젠가는 사라지는 무상함이며 고정되어 있는 것이 없는 무아이고 고통으로 가득 차 있음을 이해하게 됩니다.

그 결과 마음을 고요히 하고 호흡명상의 문으로 한 발짝 더 나아가게 됩니다.

명칭 붙이기 알아차림

마음관찰의 효과적인 수행방법 중 명칭 붙이기 알아차림이 있습니다. 명칭 붙이기 알아차림은 좌선이나 행선 수행 중 일어나는 생각과 현상을 알아차리게 하는 명상 테크닉으로 수행의 기초를 닦아주는 마음관찰의 한 방법입니다.

명칭을 붙이는 방법은 어떤 소리가 들리면 일차적으로 '들림, 들림'하고 명칭을 붙여 알아차리고, 생각 때문에 내적 속삭임이 일어나면 '망상, 망상' 하고 알아차린 후, 다시 호흡관찰로 되돌아와 마음을 챙기면 됩니다.

통증이 계속되면 자세를 바꿀 수 있지만, 자세를 바꿀 때는 바꾸려 하는 의도를 먼저 알아차리고 바꾸는 과정의 동작을 하나하나 알아차리면서, 바꾸려고 함, 눈을 뜸, 눈을 감음, 손들음, 손을 다시 놓음, 자세를 바꿈, 허리를 폄 등을 알아차려야 합니다. 그리고는 다시 수행의 대상인 호흡관찰로 되돌아가야 합니다.

명칭 붙이기는 마음관찰 기초단계에서 아주 효과적인 수행입니다. 그러나 지속적인 수행 주제는 아닙니다.

명칭을 붙임으로 수행의 진보가 어느 정도 이루어졌을 경우 명칭 붙이기는 할 필요가 없습니다. 명칭 붙이기를 놓고 그냥 알아차리면 됩니다.

더 이상의 명칭 붙이기는 이미 지나가고 사라진 대상을 쫓아가는 불필요한 알아차림이 됩니다. 과거심불가득(過去心不可得, 과거의 마음은 얻지 못함)이기 때문입니다.

마음관찰 2_현재 생각 알아차리기

마음관찰의 두 번째 방법은 현재에 일어나는 생각을 관조하는 것입니다. 일어나는 생각에 어떤 의미도 부여하지 않고, '생각이 일어나면 일어나는구나' 하고 알기만 하면 됩니다.

일어난 생각에 해설을 덧붙일 필요는 없습니다. 생각을 일으키면 텅 빈 고요함은 사라집니다. 텅 빈 고요함은 사념하지 않음을 의미합니다. 사념은 무익한 사유일 뿐입니다.

사념을 무시함으로 인해 내적 속삭임으로부터 자신은 떼어내 집니다. 항상 숨을 알아차림으로써 자신의 숨에 익숙해지도록 하십시오. 그것이 방황하는 잡념과 내적 속삭임의 생각을 다루는 옳은 방법입니다.

만일 마음이 자주 떠돌면, 단지 마음을 챙기고 알아차림만 함으로써 마음이 숨과 함께 머무르게 하는 데 도움을 줄 수 있습니다. 일어나는 모든 생각과 내적 속삭임을 버리고 그냥 현재의 고요한 순간만 알아차리면 됩니다.

바로 지금 여기에서 고요한 알아차림으로 우리는 더 큰 기쁨과 행복을 체험하게 됩니다. 그런 기쁨과 행복은 마음의 평안과 삶의 안목과 명료한 지혜를 얻게 합니다.

호흡관찰(두 번째 단계)

호흡관찰은 수행의 첫 단계인 마음관찰을 통해 수행의 진전이 이루어졌을 경우 해당되는 본격적 선정수행 단계입니다. 호흡관찰의 기본적 수행방법은 다음과 같이 구성되어 있습니다.

❶ 숨이 길면 긴 숨인 줄 알아차리기
❷ 숨이 짧으면 짧은 숨인 줄 알아차리기
❸ 숨의 전체 과정 알아차리기
❹ 숨을 고요히 하기

1, 2의 항목에서 긴 숨과 짧은 숨의 단계를 밟을 필요 없이 그냥 숨이 긴 지 짧은 지만 알아차리고 호흡을 지켜보기만 하면 됩니다. 이렇게 호흡관찰 하나에만 주의를 집중하고 마음이 통일되면 호흡의 알아차림은 중단

없이 이어져 마음의 고요와 행복은 매우 깊어집니다.

　마음은 경이와 신비 그 자체입니다. 들어서 아는 것과 스스로 체험해 아는 것은 다릅니다.

호흡을 통제하지 말라

호흡은 마음의 눈으로 보는 것입니다. 호흡을 통제하려 해서는 안 됩니다. 호흡은 자연스럽게 객관적으로 보아야 합니다. 마치 구경꾼처럼 숨을 쳐다보아야 합니다.

숨을 자연스럽게 쉬도록 두어야지, 호흡을 조절하거나 그것을 간섭해서는 안 됩니다. 호흡을 조절하고 통제하면 도리어 호흡이 불편해집니다.

일반적인 개념으로 호흡을 알아야 합니다. 숨은 단지 깨어 있는 것입니다. 숨을 안팎으로 따라가서는 안 됩니다. 숨을 느끼려 하지 말고 자연스럽게 마음으로 알기만 해야 합니다.

느끼려 하면 호흡은 무의식적 통제를 낳습니다. 호흡은 느끼는 게 아니고, 마음으로 알아차리는 것이기 때문입니다. 그냥 육체가 숨 쉬는 대로 두고 자연스럽게 호

흡을 지켜보십시오. 숨은 자연적으로 지켜보려고 해야
지 숨을 알려고 하거나 고요히 하려는 의욕이 개입되면
자기도 모르게 의식적인 숨을 쉬게 됩니다.

평소의 숨마저 잘 알아차리려고 하면 숨을 잘 볼 수
있도록 인위적인 '하는 자(Doer)'가 개입됩니다. '하는
자'는 통제자입니다.

'하는 자'는 긴장되고 의식적인 호흡을 만들어냅니다.
'하는 자'는 내려놓고 '아는 자(Knower)'만 있어야 됩니
다.

스스로에게 마음이 안정되도록 부드러운 언어의 속
삭임으로 감싸주면 됩니다. 호흡을 무의식적으로 통제
하고 있는 마음을 내려놓는 순간, 호흡은 고요함의 세계
에 도달합니다.

호흡은 자유다

호흡명상은 호흡을 마음으로 알아차리는 것이지 호흡이 닿는 어느 지점을 관찰하는 것이 아닙니다.

호흡은 정해진 곳이 없습니다. 호흡 그 자체가 포인트입니다. 코끝이나 숨이 맞닿는 지점을 관찰해서는 안 됩니다. 호흡을 어느 한 장소에 초점을 맞추거나 위치를 지정해서는 안 됩니다.

코끝을 보게 하거나 숨이 맞닿는 지점을 보게 하는 방법은 붓다 후대에 만들어진 주석서의 오류입니다. 만약 특정한 장소가 숨의 터칭 포인트가 되어 닿는 부분이 느껴지면 그 포인트를 무시하고 단지 호흡을 알아차리는 '아는 마음'만 유지하십시오. 호흡의 어디를 지켜보는지는 중요하지 않습니다.

마음으로 호흡하라

호흡은 감각의 대상이 아니고 마음의 대상입니다. 그냥 숨 쉬고 있는 것을 경험적으로 알아차리는 '아는 마음'만 있으면 됩니다. 이렇게 함으로써 마음은 점점 더 집중될 것입니다.

그래도 굳이 호흡을 어느 장소에 정해야 하거나 호흡이 딱딱하게 굳어지는 현상이 일어날 경우 '입술이나 입술 위에서 숨을 쉰다 생각하고, 그 숨을 바라보기'만 하면 됩니다.

이처럼 호흡관찰을 하면 집중도가 높아지는 것은 물론이고 숨통이 터진 호흡이 단전까지 연결되면서 온몸이 시원해지고 다 뚫린 자연스런 단전호흡을 체험하게 됩니다.

우주와 내가 하나가 되는 기맥타통(온몸에 기혈이 뚫리고 순환되는 현상)을 체험하게 됩니다. 만약 상기병(열기가 위로 쏟아 머리가 지끈지끈 아프거나 멍한 병)이 있다면 수승화강(찬 기운은 위로 올라가고 더운 기운은 밑으로 내려오는 것)이 되어 상기가 사라집니다.

호흡에 익숙해지기

가끔 호흡을 인식하는 것이 어렵게 다가올 것입니다. 이것은 숨이 없어서가 아니라 민감한 숨에 익숙하지 않기 때문입니다.

숨을 인식하는 것이 어려워지면 숨을 쉬고 있다는 것을 알기만 하면 됩니다. 그러면 점차 명확한 숨결을 알수 있을 것입니다.

마음을 호흡에 유지하고 항상 호흡에 깨어 있으십시오. 수행을 통해 호흡에 익숙해지기 위해 몸과 마음을 이완하면서 모든 생각과 망상을 신경 쓰지 말고 들숨과 날숨을 알아차려야 합니다.

생각에 얽혀도 지금은 걱정할 때가 아닙니다. 지금은 오직 명상의 대상인 호흡에만 마음을 계속 유지할 때라고 떠올려야 합니다.

어떤 중요한 사항이 떠올랐을 때, 보통의 경우라면 반

드시 기억하거나 심사숙고해야 하는 것일지라도 수행 중에는 생각을 하지 말아야 합니다. 그것은 아무 이익이 없는 공상으로 망상만 낳을 뿐입니다. 모든 생각을 내려 놓을 때 비로소 깊은 깨달음을 얻을 수 있습니다.

호흡관찰은 반복훈련이다

호흡관찰은 끊임없는 반복훈련 속에서 이루어집니다. 영웅적 정진이 필요합니다. 계속 시도하면 숨에 집중하는 것에 익숙해지게 됩니다.

골프든 테니스든 기본동작을 익힐 때까지 몇 달 동안 훈련을 받습니다. 그렇게 무수히 반복된 동작은 실제 경기에 임할 때 그 진가가 드러납니다. 무의식 속에 저장된 동작이 자기도 모르게 자동적으로 순발력 있게 반응하기 때문입니다.

이와 같이 호흡명상도 고요한 침묵 속에서 거듭 반복된 알아차림에 의해 호흡을 명확히 인식하게 될 때, 자기도 모르게 호흡의 절대심연 속으로 들어가 몸과 마음이 사라지고 우주도 사라집니다.

세상의 그 어떤 가치도 뛰어넘는 무한을 체험하게 됩니다. 그러나 정진도 알맞게 중도를 유지해야지, 너무

애쓰면 안 됩니다. 정신적 압박과 육체적 피로 같은 집중력을 떨어뜨리는 문젯거리를 만들 수 있기 때문입니다. 반면에 너무 느슨한 노력은 실현될 수 없는 헛된 공상을 하게 할 것입니다.

주문 활용하기

호흡관찰에 집중이 잘 안 될 때는 들숨과 날숨을 알아
차리는 방법으로 호흡 시 숫자를 세거나 만트라(주문)를
응용해도 좋습니다. 불교의 전통에서는 호흡에다 염불
의 명칭을 붙여 마음을 합일해 나가면서 만트라의 공력
도 얻게 합니다.

호흡에 마음을 두고 숨이 들고 남을 알아차리면서 만
트라를 외우는 방법입니다. 불교의 전통에서는 호흡을
관찰하면서 들숨과 날숨에 만트라의 대상을 붓다로 하
여 들숨일 때는 '붓', 날숨일 때는 '다', 하면서 호흡을 알
아차립니다. 그러다 호흡이 안정되고 집중이 호전되면
만트라를 놓고 단지 들숨, 날숨에만 깨어 있어야 합니
다.

다른 종교를 가진 분은 각자의 믿음에 따라 들숨과 날
숨에 만트라의 대상을 '여호와', '예수' 또는 '알라' 등으

로 호흡을 알아차리면 됩니다. 진리는 하나이건만, 사람의 인식에 따라 둘로 갈라지기도 합니다. 하나의 진리 속에 온 우주가 담겨있습니다. 모든 진리(부처님, 하나님)는 한 사람의 것이기도 하지만 모든 사람의 것이기도 합니다.

호흡명상은 한 단계씩 나아가며 익숙해졌을 때 순차적으로 다음 단계로 나아가야 합니다. 너무 서둘러 나아가면 사상누각이 되고 만다는 사실을 염두에 두어야 합니다.

첫 번째 단계의 마음관찰 수행을 잘했다면 과거와 미래로 방황하는 망상은 이미 수행을 방해하지 않게 됩니다.

그러나 호흡집중에 어려움이 있다면 수행의 기초입문인 마음관찰 수행을 서둘렀다는 뜻입니다.

호흡을 한순간도 놓치지 않고 20~30분 동안 집중할 수 있다면, 호흡관찰이 완전히 숙달된 단계에 도달했음을 의미합니다. 이제는 수행의 고수급 단계인 '호흡 전체 보기'로 나아갈 수 있습니다. 이제부터 즐겁고 고요한 마음의 평화와 행복을 경험하실 것입니다. 그러나 호흡관찰 수행이 진전되지 않거나 익숙하지 않을 때는 간화선 화두수행(제3장 '이 뭣고?' 화두 참조)을 병행하는 것도 매우 유익합니다.

간화선은 사마타-위빠사나가 동시에 진행되는, 붓다의 명상이 진화 발전된 탁월한 정혜쌍수의 명상입니다. 남방의 어느 위빠사나와는 비교가 안 될 정도입니다.

호흡 전체 보기(세 번째 단계)

　20~30분 연속적으로 숨에 집중할 수 있다면 당신의 집중력은 상당히 좋다고 할 수 있습니다. 이제부터는 들숨과 날숨의 시작과 중간과 끝으로 이어지는 숨의 전체를 집중해보십시오.

　들숨과 날숨이 시작하는 곳에서 끝나는 순간까지 호흡의 전체를 관찰하는 것입니다. 이런 식으로 호흡의 전체 보기를 수행하면 마음은 달아나지 않고 집중은 더 깊어지게 됩니다. 호흡의 전체 과정인 들숨과 날숨의 시작과 중간, 그리고 호흡이 끝나고 사라지는 과정을 알아차리고 보아야 합니다.

　이 호흡 과정은 고요한 현재 이 순간 만나게 됩니다. 호흡에 집중을 잘하려고 하면 도리어 호흡이 막힙니다. 숨은 저절로 쉬게 두어야 합니다. 마음은 마음이 들뜬 원인과 착심(着心, 하고자 하는 의지적 마음)을 제거하면 곧 고요하게 멈추어집니다. 호흡의 전체를 보되, 숨이 쉬어지는 자연 그대로 본다는 마음으로 보아야 합니다. 숨을 있는 그대로 내버려 두어야지, 고의로 길거나 짧게 만들어서는 안 됩니다. 호흡이 길든 짧든 단지 호흡 전체만 아십시오. 이런 식으로 인내심을 가지고 수행하면 우리의 집중은 점점 안정될 것입니다.

숨을 놓치지 않고 편안히 호흡의 전체 과정을 보게 되면 거칠었던 호흡이 매우 부드럽고 미세해지면서 점차 사라집니다. 호흡은 고요히 가라앉고 부드러워지면서 이제까지 경험하지 못한 부드럽고 아름답고 황홀한 호흡이 등장합니다. 호흡만족이 일어납니다.

이러한 호흡은 매우 평화롭고 고요하며 놀랍도록 감미롭다는 것을 인식하게 됩니다. 허공과 하나가 된 부드럽고 '감미로운 호흡' 단계에 진입하는 순간입니다.

이 단계에서는 마음이 이 일을 알아서 진행하며 수행의 내공은 힘을 들이지 않고 저절로 이루어집니다. 이러한 허공과 하나 된 '감미로운 호흡'에 이르기 위해서는 반복된 수련의 시간이 필요합니다. 모든 호흡의 알아차림을 한순간도 놓치지 않는 염념상속(念念相續, 생각과 생각에 알아차림이 계속 이어짐)이 한두 시간 경과하면 좌선 때마다 한 시간 이상, 사흘 연속 이상 호흡에 집중할 수 있습니다. 바로 그때 아름다운 마음의 빛인 심월(心月, 큰스님들이 주로 사용하는 용어로, 빠알리어로는 니미따nimitta, 영어로는 sign으로 옮겨져 있다)이 일부 서서히 나타나기도 합니다.

심월은 삼매의 증명이며 선정수행의 결정체입니다. 이는 마음이 정화된 깊은 집중력에 의한 결과입니다. 수행이 높아짐에 따라 심안(마음의 눈)을 통해 보름달 같은 형상이나 빛이 수행 중에 나타나는 것을 보게 됩니다. 심월은 매우 아름답고 환상적입니다.

감미로운 호흡(네 번째 단계)

이 단계는 수행의 도약판이라 할 수 있는 상급단계입니다. 마음은 매 순간 허공과 하나 된 우주허공 그 자체의 평온한 호흡만 있게 되고, 시간과 공간이 사라진 평화로운 지복(至福)의 상태로 향합니다.

호흡이 차츰 사라지면서 호흡의 결정체요, 극치인 '감미로운 호흡'이 진행됩니다. 이것은 '아름다운 호흡'으로도 불립니다. 거친 호흡이 고요하고 평화롭게 될 때, 호흡은 점차 사라져 무호흡이 됩니다. 그러면서 오감은 사라지게 됩니다.

생각과 몸의 감각과 외부의 모든 소리는 차단되어 갑니다. 남는 대상은 지금까지 체험하지 못한 황홀감과 행복의 극치요, 신비감 그 자체입니다.

이 상쾌함의 절정과 황홀함의 행복은 말로 표현할 수 없는, 언어의 세계를 넘어선 경지입니다. 그 어떤 힘과 의지로는 도달할 수 없는 곳입니다. 온 우주를 놓아버리는 마음으로만 경험할 수 있습니다. 허공과 하나가 된 호흡, 감미로운 호흡의 극치를 체험하게 됩니다.

이는 자연 그대로의 순수한 알아차림의 '아는 마음'이 있을 때 가능합니다. 의지의 통제력으로 호흡을 관찰하는 것으로는 그 순일한 호흡을 성취할 수 없습니다. 고요와 평화의 감미로운 호흡으로 가는 길은 완전히 놓아버림으로써 열릴 것입니다.

마음으로부터 그 모든 것에서 내려놓아 그 어떤 경계에도 방해받지 않고 호흡이 편안하게 지속적으로 유지되면, 호흡은 아주 고요해집니다. 이런 체험 후에는 저절로 하고 싶어 틈만 나면 앉고 싶을 것입니다. 수행의 완숙단계에 들어선 것입니다.

아무것도 하지 마라

감미로운 호흡의 단계에서는 아무것도 하지 마십시오. 절대로 아무것도 해서는 안 됩니다. 그 어떤 인위적인 마음도 있어서는 안 됩니다. 단지 지켜만 보십시오. '아는 마음'만 있으면 됩니다.

그럴 때 허공과 하나가 된 아름다운 호흡을 매순간 놓치지 않고 연속적으로 알아차리게 됩니다. 이 부드럽고 감미로운 호흡은 그냥 지켜보기만 해도 행복과 평화 그 자체이기에 억지로 호흡을 쳐다볼 필요가 없습니다. '하는 자' 없이 그저 오랜 시간을 허공 속의 아름답고 감미로운 호흡만 즐기는 세계입니다. 이 단계부터는 '하는 자'가 없어야 합니다.

뭔가 하려고 하면, 아름다운 호흡은 사라지고 처음 과정으로 되돌아가야 합니다. 의지가 개입되면 안 됩니다.

여러분은 수동적으로 지켜보는 '아는 자'일 뿐입니다.

여기에서 효율적 수행기법은 잠시 고요의 정적을 깨고, 단지 자신에게 "부드럽게" 또는 "고요하게"라고 속삭이면서, 마음을 가볍게 터치해주는 것뿐입니다. 이것이 전부입니다.

호흡을 수동적으로 지켜만 볼 뿐, 들숨과 날숨의 인식과, 호흡의 처음과 끝이라는 인식의 알아차림을 놓아야 합니다. 그냥 아는 것은 오직 지금 일어나고 있는 호흡의 극치 단계인 감미로운 호흡뿐입니다.

이 단계에서 우리의 마음은 매우 섬세해 약간의 지시에도 그 명령을 잘 이행하게 됩니다.

호흡이 얼마나 고요하고 평화로운지, 어떻게 시공을 초월하는지 지켜보는 것입니다. 훨씬 더 부드럽고 솜사탕처럼 감미로운 호흡을 즐기도록 충분한 시간만 가지면 됩니다.

제 경험으로는 사통팔달이 다 뚫린 시원한 오장육부의 호흡이, 허공의 공기통로에서 숨 쉬는 것같이 우주와 한 몸이 된 호흡이었습니다.

무아지경의 엑스터시에 이른 황홀감의 극치라고 표현할 수밖에 없습니다. 무아지경은 무의식 상태의 순수의식입니다. 그것은 우리의 관념으로 축적된 주관적 에고의 의식을 완전히 정화시킨 순백의 마음상태로 되돌려줍니다.

마음의 보름달_(다섯 번째 단계)

니미따의 체험은 호흡의 극치인 감미로운 호흡의 수행단계에서 자연스럽게 자동으로 진입되는 단계로, 몸의 감촉을 비롯한 다섯 가지 감각(시각, 후각, 미각, 청각, 촉각)을 느끼지 못할 정도로 외부에 대한 인식작동이 거의 멈추게 됩니다.

오직 아름다운 정신적 대상의 심월인 찬란한 빛만 완전하게 경험하게 되는 최상급 단계의 수행에 들어서게 된 것입니다.

니미따는 호흡의 극치에서 일어나는 순수한 마음의 실재입니다. 육체적 느낌이 아닌 정신적 영역의 실존입니다. 일찍이 보지 못한 신비로운 현상을 체험하게 될 것입니다. 니미따는 황홀하고 감미로운 호흡을 경험하고 난 뒤에 자연스럽게 나타납니다. 아름답습니다. 황홀합니다. 일생 동안 이보다 더 아름다운 형상의 빛을 본적이 없을 것입니다. 그러나 실재합니다. 동서 상하 좌우 자유자재로 호흡이 뚫립니다. 호흡의 숨통이 터지면서 휘황찬란한 빛을 보게 됩니다. 행복과 텅 빈 고요함 속에서 느끼는 시원하고 황홀한 호흡입니다.

호흡이 텅 빈 우주와 하나가 될 때, 호흡은 사라지고 허공 속에서 쏟아지는 빛만 남게 됩니다. '아는 마음'만 존재할 뿐, 바깥의 모든 소리는 차단되어 들리지 않습니다.

'어떻게 이렇게 아름다운 빛이 있을까?' 할 정도로 그 무엇보다 밝게 빛나고, 수정보다 파랗게 빛나는 수많은 별빛이 우주공간에서 3D 형태로 빛을 쏟아냅니다.

이미 언어의 세계를 넘어섰습니다. 언어로 형용할 수 없는 아름다운 심연의 새파란 빛이 나타납니다. 잠시 앉아 있는 것 같지만 두세 시간은 금방 지나갑니다.

현재에 만족하라

니미따의 형태나 모양, 빛깔에 주의를 기울일 필요는 없습니다. 마음이 원하는 대로 아는 마음만 유지하십시오. 니미따가 흐리게 나타나거나 자주 움직이는 이유는 마음의 만족이 깊지 못하기 때문입니다.

현재에 만족해야 합니다. 현재에 행복하지 못하면 니미따는 오래 머물지 않습니다. 철저히 모든 것을 내려놓으십시오. 내려놓아야 합니다. 빛이 오래 머물지 않거나 희미하게 나타나는 이유는 현재에 만족하는 마음이 깊지 않기 때문입니다.

우리는 항상 원하는 마음에 놓여 있습니다. 얻으려는 그 마음 때문에 도리어 얻지 못합니다. 얻고자 하면 도리어 수고로움이 되고 없는 것만 못하게 됩니다.

선정의 문은 완전히 놓아버리는 상태에서 열립니다. 믿을 수 없을 정도로 깊은 만족의 상태인 놓아버림의 상태입니다. 깨치고자 하면 깨치지 못합니다. 현재에 만족하고 행복해 하는 것이 중요합니다. 그저 호흡에 만족하십시오.

그러면 아름다운 빛과 삼매는 저절로 함께할 것입니다. 빛이 나타나면 마음이 원하는 대로 기울도록 그냥 놔두십시오. 마음은 보통 빛의 중심으로 향합니다. 그 중심에 가장 찬란하게 빛나는 아름다운 빛이 있습니다.

그 빛의 중심에 몰입될 때, 빛은 온몸을 뒤덮는 것 같이 확장됩니다.

온몸에 빛이 휩싸일 때, 그 모든 것을 놓아버리고 황홀한 빛을 즐기는 우주여행 속으로 들어가면 됩니다.

마음이 황홀한 기쁨과 즐거운 행복, 텅 빈 고요의 무아경지에 저절로 몰입되도록 두면서 선정이 일어나도록 모든 마음을 내려놓으십시오. 선정은 '완전한 내려놓음'에서 증득할 수 있습니다. 이는 철저히 포기하고 놓아버리며 마음을 비우는 능력으로 이루어집니다.

빛은

❶ 호흡이 사라지고 무호흡일 때 나타납니다.

❷ 오감이 멈추고 외부의 소리가 완전히 차단될 때 나타납니다.

❸ 미세한 번뇌(내적인 말이나 소리)가 완전히 소멸된,

오직 텅 빈 고요한 마음상태에서만 나타납니다.

그 빛은

❶ 어떤 색보다 몇 천 배 더 찬란히 빛나는 아름다운 색입니다.

❷ 깜깜한 방 안에서도 밝게 나타납니다.

선정 (여섯 번째 단계)

수행 초기에는 항상 뭔가를 하려고 하는 의지의 작동이 아주 선명한 반면, 선정에 들기 전 단계부터 '하는 자'가 아주 고요해집니다. 그러나 선정에 들기 전에는 미세하게 작동합니다. 선정에 들어서야 완전히 멈춰지고 오직 '아는 자', 즉 '아는 마음'만 남게 됩니다.

기쁨, 즐거움, 행복, 절대고요의 평온이라는 대상만 있고, 그 대상을 아는 마음 외에 모든 통제력은 상실되었습니다. 우리의 의지는 전혀 개입될 수 없습니다. 선정은 장시간 지속되는 속성을 가지고 있습니다. 몇 분이 아닌 최소한 몇 시간, 또는 며칠 동안 무아지경 상태에 들 수도 있습니다.

그러나 명확히 알아차리고 있습니다. 선정삼매는 우리 인생에서 최고로 심오한 무위(無爲, 스스로의 노력 없는)의 세계로, 육신을 가진 채로 육신 없는 세계로, 오로지 순백한 이기적인 마음이 없는 행복감 속으로 이끌어갑니다. 따스한 봄날의 햇볕처럼 선정삼매가 우리를 감싸도록 충분히 즐기십시오.

선정삼매는 선열위식의 세계입니다. 선열위식(禪悅爲食)이란 선의 희열을 음식으로 삼는다는 뜻이며, 희열은 깨달음으로 가는 중요한 일곱 가지 요소인 칠각지 중 하나입니다.

대개의 경우, 선정의 문으로 들어가는 길에서 흥분과 두려움이라는 두 가지의 장애를 만나게 될 것입니다.

깊은 몰입의 삼매로 들어서면서 황홀함의 극치를 난생처음 체험하는 순간, 가슴에 몰아치는 흥분감은 억제하기 힘들어지기도 합니다.

이러한 감정을 무덤덤하게 진정시킬 수 있을 때, 지상 최고의 절대적 기쁨과 지고지순의 무한한 행복감, 그리고 절대평온의 고요함을 경험하게 되면서 육체적, 정신적, 언어적 형성은 소멸하게 됩니다.

그러나 의식은 지복의 상태로 명확히 깨어 있으며, 감

각 기관들은 아주 청정해집니다. 호흡은 멎은 것 같지만 체열도 있고 혈액에 산소가 정상적으로 공급됩니다.

선정삼매의 공덕은 중생이 안고 있는 모든 고통과 생사를 초월하게 하는 원천이며, 그 선정의 힘 때문에 웬만한 악업을 지었더라도 절대로 악처에 떨어지지 않고, 내생에 좋은 곳에 태어나게 되는 아주 강한 선업(善業)이 됩니다. 그러나 말하는 것이나 듣는 것만으로는 견고한 이 길을 쫓아갈 수 없습니다. 선정을 수행함으로 악마의 속박에서 해탈합니다.

빛을 경험하고 난 뒤에 선정이 일어나면

❶ 온몸이 사라지고 시간과 공간을 초월합니다.

❷ 아무런 생각도 어떤 결정도 할 수 없습니다.

❸ 선택의 여지가 없습니다.

❹ 오로지 알아차림의 '아는 마음'만 있습니다.

❺ 지금 여기에서의 행복한 삶을 영위합니다.

❻ 영원한 대자유인이 되는 열반의 토대를 마련합니다.

❼ 오신통의 초능력을 얻습니다.

❽ 범천의 하늘세계에서 태어납니다.

❾ 멸진정을 증득합니다.

3

간화선

(생각 이전 보기)

화두란 무엇인가

　간화선의 '이 뭣고?' 화두법은 붓다의 정통수행법인 사념처수행을 발전시킨 한국불교의 전통수행법입니다.

　'이 뭣고?'는 '이것이 무엇인가?'를 줄인 말로, 관찰과 통찰의 의미에서는 위빠사나적이 되기도 하지만, 간화선에서의 '이 뭣고?'는 전혀 뜻밖인 선문답적인 말에 평소 자기가 공부한 모든 지견이 꽉 막혀버려 저절로 '왜?', '어째서?'라는 마음의 근원을 찾는 강력한 몰입의 물음만 남게 되는 정혜쌍수의 아주 독특하고 수승한 수행의 도구입니다.

　이러한 '이 뭣고?' 화두수행법은 붓다의 고대경전을 확실한 근거로 하는 위빠사나 명상보다 더 깊은 심법(心法, 내면관찰)수행으로, 지관쌍수(止觀雙修, 사마타-위빠사나를 동시에 닦는)의 수행법입니다.

　화두는 붓다가 있으나 없으나 붓다를 떠나지 않는 세

계를 경험하게 합니다. 마음이 안으로 중심을 잡고 있지 않으면 바깥의 상황에 따라 마음의 갈피를 잡지 못하게 됩니다. 이때 화두는 들뜨고 산만한 우리의 마음을 고요하고 차분하게 해줍니다.

화두란 한 생각이 일어나기 이전을 보게 만드는, 참나를 찾는 마음수행입니다. 마음은 온 천하대지를 머금고 있는 우주의 중심입니다. 마음을 벗어난 세계는 없습니다.

화두는 바깥으로 향한 마음을 안으로 돌려놓는 작업입니다. 외부 대상에 대한 마음 안에서 일어나는 작동을 볼 수 있도록 수련하는 방법이 '이 뭣고?' 화두입니다. '이 뭣고?' 화두의 전통적 수행방식은 이렇습니다.

"배고플 때 배고픈 줄 아는 놈이 있고, 소변 보고 싶을 때 소변 보고 싶은 것을 아는 놈이 있다. 밥 먹을 때나 말할 때나 잠잘 때 내가 알든 모르든 언제나 나와 함께 이 몸뚱이를 움직이는 놈이 있고, 눈 깜짝할 때 천리만리 횡행하는 신통한 '지각하는 놈'이 있다. 그러한 '이

놈'은 과연 누구인가?"

화두는 이러한 의심에 입각해 성립되어 있습니다. '몸뚱이를 움직이는 이놈'을 알고 싶어 하는 그 의심은 수행의 강렬한 열망을 제공하여 신심을 유발하게 합니다. 그러한 의심은 묻고 물어도 더 이상 물을 것이 없는 중생노름의 모든 사량분별이 끊어진, 말 이전의 자리인 초자아로 향하게 합니다.

화두의 핵심은 화두를 풀려고 하는 마음이 아니고,

그 핵심을 알고 싶어 하는 마음의 유지입니다.

화두의 의심은 절대로 지식이나 머리로 풀 수 있는 것이 아닌, 생각이 끊어진 곳에서 피어오르는 한 소식입니다. 그러나 여기에서 정확히 인지할 점은, '이 뭣고?' 화두의 핵심은 몸뚱이를 움직이는 이놈이 아닌, 몸뚱이를 움직이는 이놈을 '아는 마음'에 있다는 사실입니다. '아는 마음'은 인식의 관찰, 즉 지각하는 것을 뜻합니다.

'아는 마음'은 가고 오고 머물고 앉고 눕는 것과 말하거나 침묵하거나 움직이거나 고요할 때의 일상을 떠나

있지 않습니다. '아는 마음'이 없으면 미혹이요, '아는 마음'이 있으면 어디에서든 주인공이 됩니다.

'이 뭣고?' 화두 들기

호흡은 우리의 마음을 빼앗는 갖가지 대상으로부터 우리의 마음이 이탈하지 않도록 붙잡는 중심축입니다. 이러한 호흡을 수행의 바탕으로 다음과 같이 '이 뭣고?'의 화두에 접목해 수행하면 붓다의 정통명상인 사념처 수행과도 다르지 않게 됩니다. 이것이 바로 간화선과 붓다의 호흡명상(아나빠나-사띠)이 하나로 융합되고 회통된 수행법입니다.

그 수행법은 다음과 같습니다. 숨 쉬는 것을 마음으로 알면서 그 호흡을 중심축으로 삼아 '이 숨 쉬는 것을 아는 마음이 뭣고?' 하면 됩니다. 핵심은 숨 쉬고 있음을 자각하는 데 있습니다.

이 '아는 마음'의 앎은 숨을 쉬는 것에만 있는 게 아닙니다. 배가 고프면 배가 고프다는 것을 저절로 아는 앎이 있고, 화장실에 가고 싶으면 화장실에 가고 싶은 것을 저절로 아는 앎이 있습니다. 일상의 어느 때나 앎은 존재합니다. 앎을 놓치지 않으면 일상에 물들지 않고 객관화할 수 있는 관찰적 자아를 만나게 됩니다.

화두는 억지로 들거나 머리로 풀려고 하면 병통이 됩니다. 화두와 내가 하나가 되어야 합니다. 답을 얻어내려 하지 말고 물어도 물을 것이 없는 질문이 되도록 물으십시오.

묻고 묻다보면 나도 모르게 홀연히 단박에 중생심을 꿰뚫어 아는 절대무한인 붓다의 마음을 알게 됩니다. 그냥 자연스럽게 물음을 반복해 질문만 해나가도 '이 숨쉬는 것을 아는 마음이 뭣고?'의 화두는 성립되는 것입니다. 구체적 방법은 다음과 같이 네 단계로 진행됩니다.

1단계

스스로에게 "숨 쉬고 있는가?" 하고 반문합니다.

2단계

'음… 숨 쉬고 있구나!' 하고 자각합니다. 자각은 숨 쉬고 있음을 아는 마음입니다. '이 숨 쉬는 것을 자각하는 마음'을 계속 알아차려 알고 자각하는 이 마음을 계속 자신에게 되돌려 살펴보는 회광반조를 해야 합니다.

3단계

'이 숨 쉬는 것을 아는 마음이 뭣고?' 하고 각자의 인지에 맞게 화두를 들면 '이~'라고 화두를 드는 속에 숨 쉬는 것을 '아는 마음'이 자동 연상되기 때문에 '이 뭣고?'만으로 간결하게 만들어지게 됩니다. 요점은 화두가 간결하게 만들어져 타성일편(수천만 갈래의 마음을 하나로 모으는 것)으로 의심을 지어가는 데 있습니다. 생각과 생각에 오직 화두만 염념상속 되도록 하십시오.

4단계

'이 숨 쉬는 것을 아는 마음'을 아는, 또 다른 '아는 마음'을 불현듯 만나게 됩니다. 이때야 비로소 '이 숨 쉬는 것을 아는 마음'이 어떤 물건인지 궁금하게 됩니다. 즉, '이 숨 쉬는 것을 아는 마음'이 A이면, A는 '내 안의 또 다른 나'인 B를 발견하게 됩니다.

이 단계에 이르면 이 B가 정말 어떤 물건인가 절로 궁금해져 화두는 사라지고 오로지 관조하는 놈만 남는 오매일여(오로지 한 생각)의 경지로 들어서게 됩니다. 누가 시키지 않아도 자연적으로 '이 아는 놈이 뭣고?' 하는 물음만 남게 됩니다.

바로 이것이 '이 뭣고?'의 이론과 실제입니다. 4단계 경지에 들면 '이 한 물건'을 의심하지 않으려고 해도 저절로 깊은 의심이 들게 되어 있습니다. 마치 하늘을 높이 나는 새가 기류를 만나면 날갯짓하지 않고 그냥 기류의 흐름 속에서 자유롭게 날아다니듯 화두의심이 잡힙니다.

이 의심이 곧 의정(화두가 끊어지지 않고 지속되는 상태)이요, 의단독로입니다. 의단독로란 화두에 강력한 의정을 일으켜 화두 외에는 아무것도 없는 삼매 상태입니다.

삼매의 맛을 체험하면 이때부터 깨치는 것은 시간문제일 뿐입니다. 사실 시간이라고 말할 수도 없습니다. 의정단계의 화두삼매는 시공의 개념을 초월해 있기 때문입니다.

일주일이면 깨친다

이 화두삼매가 지속되어 다섯 가지 장애(다섯 가지 감각기관의 즐거움을 추구하는 감각적 쾌락의 욕망, 성냄, 게으름과 혼침昏沈, 들뜸과 후회, 의심)를 여의고, 눈뜰 때부터 이어져 잠들 때까지 자나 깨나 순일하게 일주일만 이어지면, 홀연히 확철대오(어느 한 곳이라도 의심할 바 없이 확실하고도 철저히 크게 깨달은 경지로, 더 이상 깨칠 것 없는 아라한의 경지)할 것입니다.

만약 일주일에 깨치지 못하면 늦어도 삼칠일(21일) 이내에는 대오각성하게 됩니다. 이 말은 삼칠일 안에 확철대오 못했을지라도 오묘한 경지의 깨침은 반드시 체험하게 된다는 말입니다.

이 체험은 평생 살아오면서 한 번도 느껴보지 못한 체험입니다. 이 체험은 존재하는 모든 것에 나라고 느끼고 생각했던 존재는 실체가 없었음을 몸으로 확연히 깨닫는 체험입니다. 이러한 체험은 한 소식 이전의 세상과는 보는 눈이 확연히 달라진 세계입니다. 그렇다고 세상이 바뀐 것도 아닙니다. 세상을 보는 마음이 바뀐 것뿐입니다. 한 마음 바뀌게 되니 온 세상이 극락이요, 처처 안락입니다. 옳고 그름의 시비가 뚝 끊어집니다.

아상이 사라집니다. 아상(我想)이란 영원한 자아가 있다는 견해와 나라는 자기 기준에 의해 사물에 잣대를 들이대고 나의 생각이 옳고, 나의 견해만 우월하다 여기는

자기중심적 사고를 말합니다. 화두는 이미 말의 개념이나 지식을 넘어선 직관의 세계입니다.

의식도 맑아져 온 사물의 이치가 훤하고 삼라만상의 진리가 그냥 꿰뚫어지게 됩니다. 동서고금의 어떤 철학도 그냥 통달합니다.

모든 진리는 하나로 통하기 때문입니다. 일상에서 구름을 타고 있는 듯 한 환희가 온종일 일어납니다. 행복과 평온의 극치이며 표현할 수 없는 경이로움입니다. 우리는 구원되는 존재가 아니라 본래부터 스스로 구원되

어 있는 하늘이요, 붓다였음을 확연히 깨치게 됩니다. 그 무엇에도 물들지 않은 자기를 보게 됩니다.

나는 없습니다. 행위는 있어도 행위자는 없기 때문입니다. 주체가 없는 가운데 행위만 있기에 집착하는 자아가 없고, 자아가 없기에 번뇌의 생멸도 없습니다. 깨달음은 같으나 용처는 다르게 작동되어 인연에 따라 드러날 뿐입니다.

체(體)는 변함없고 용(用)만 있는, 영원한 대자유인(아라한)입니다.

4

좌선법

입선(入禪)_ 좌선에 들어갈 때

입선할 때는 먼저 피로하거나 과식하지 않은 상태로, 옷은 좌선하기에 편한 통이 넓은 것을 입고 좌정한 후, 몸과 마음을 편안하게 이완해야 합니다. 좌복(방석)에 앉은 다음에 각자가 믿는 신에게 예배를 올리고 자비관(慈悲觀, metta)을 한 뒤에 입선하는 것이 좋습니다.

자비관이란 생명이 있는 모든 존재가 안락하고 행복하고, 괴로움과 재난에서 벗어나 진정한 행복과 평안을 얻기를 바라는 사랑과 연민의 마음입니다. 그와 같은 사랑과 연민의 마음은 나를 비롯해 가족, 친구, 인류, 모든 생명체에게 자비의 염력을 보내게 합니다. 입선 전의 자비관은 온몸의 세포가 사랑의 자비를 느끼게 되어 마음이 평온해지고 도량이 청정해져 천신과 정령의 보호를 받아 수행의 장애를 막아줍니다.

좌복은 신성하게 다루어 좌복만 보면 좌선하고픈 마

음이 일어나게 해야 합니다. 좌복은 솜이 헝클어지지 않고 적당히 푹신하면 좋습니다. 크기는 가로 70센티미터, 세로 80센티미터가 적당합니다.

결가부좌를 하지 않고 평좌를 하는 사람은 좌복에 앉을 때 3~4센티미터 정도의 뒷방석을 사용해 엉덩이 밑을 받쳐주면 한결 안정되고 좌정하기가 수월할 것입니다.

좌선 자세

정신적인 고통과 번뇌, 삶의 복잡함, 그 어떤 것에도 좌선 외에는 좋은 방법이 없습니다. 참선의 기본은 좌선에서 시작합니다.

앉으십시오. 그 속에서 모든 번뇌는 사라집니다. 좌선은 인간의 신체적인 구조로 볼 때, 명상에 잠겨 오랫동안 움직이지 않고 있을 수 있는 가장 적합한 자세입니다.

수행하는 이는 반드시 옳은 스승으로부터 직접 지도받아야 합니다. 사람은 누구나 한동안 처음에 배우고 습득한 대로 행하기 때문에 처음부터 지도를 잘 받아야 합니다.

좌선 자세에는 결과부좌, 가부좌, 평좌가 있는데 이러한 자세를 어떻게 배우고 잘 취하느냐에 따라 좌선삼매에 장애가 없습니다. 좌선 자세는 그만큼 중요합니다.

수행과 의술에 조예가 깊은 남회근 선생(선정 체험과 기맥 타통 체험을 증득한 중국의 재가 도인)은 "사람의 마음과 몸이 절대적 정지 상태에 있을 수 있다면, 즉 내부적으로는 아무런 생각이나 망상, 근심, 고뇌가 없고, 외부적으로는 아무런 동작이나 노력도 행하지 않으면서 혼미하지 않고 산란하지 않으며 미혹되지 않은 상태에서 자연스럽게 호흡한다. 이렇게 하루라도 행할 수 있다면 체력, 정력, 기력은 자연이 회복되어 원래의 상태로 되돌아갈 수 있다. 이는 마치 태양계의 행성이 한 바퀴를 돌아 제자리로 되돌아가는 것과 같다"고 했습니다.

좌선 자세는 좌복에 앉아 몸을 앞으로 숙이고 엉덩이를 뒤로 가볍게 밀어내며 흔들어 엉덩이가 좌복에 들어맞게 자세를 취하는 것입니다. 그런 다음 상반신과 허리를 펴고 턱을 약간 가볍게 당긴 다음 등을 곧게 세워 코끝이 배꼽과 일직선이 되게 하면 목과 머리가 자연스런 S자 수직이 됩니다.

그리고는 양쪽 어깨와 몸통을 전후좌우로 흔들어 척

추의 척량골을 세워 등판에만 힘이 들어가게 하고, 어깨와 등에는 힘을 쫙 빼야 합니다. 척량골 외에는 힘이 들어가 있어서는 안 됩니다.

척량골을 세운다는 말은 등판을 곧게 세운다는 뜻입니다. 등판을 곧게 세우는 의미는 '가슴을 활짝 펴고 허리를 자연스럽게 세운 후, 등판을 가슴 쪽으로 살포시 밀어주는 것'을 뜻합니다.

이때 허리에는 마음을 두지 말고 등판에만 마음을 두어야 합니다. 허리가 아닌 등판에다 힘을 줍니다. 허리를 세우려고 허리에 지나친 마음을 쓰다보면 무리가 생겨 허리에 통증이 생기기 때문입니다. 이것이 가장 올바른 좌선 자세입니다.

인도의 고대 요가 문헌에는 "등이 활처럼 휘어지는 자는 곧 챠크라가 열리고 선의 경지에 들 것"이라고 나와 있습니다. 챠크라가 열린다는 말은 우주의 기가 열리는 것으로, 이 말은 기가 우리의 몸에 완전히 소통되는 기맥타통을 뜻합니다.

이러한 좌선을 하루에 5분이라도 규칙적으로 수행하면 몸 안에서 계속 기가 방출되고 순환되어 어깨통증, 오십견 증상이 완화되고 목 디스크가 교정됩니다.

좌선수행을 하다보면, 등과 어깨가 팽창하듯 아프거나 신경이 조여드는 듯 한 증상이 있는데, 병적 반응일 경우에는 치료를 해야 하고, 기의 반응일 경우는 기맥이 타통하는 과정의 명현현상으로, 이런 경우는 고요한 무위의 상태가 되어 에너지가 왕성해져 심경이 확 트이고 정신이 맑아져 잠이 줄게 됩니다. 그리고 중단전으로 숨을 쉬는 사람은 저절로 깊으면서도 자연스런 복식의 단전호흡을 하게 됩니다.

올바른 좌선 자세는 처음 좌선을 하는 사람에게도 불편함이 없이 저절로 잘 앉아지게 합니다. 이는 제 경험뿐 아니라 제게 지도받은 분들의 공통된 경험입니다. 허리의 기운이 약하면 신장이나 방광의 기능이 약해지고 골반이 좌우로 틀어지는 척추 측만증이 생겨 골반과 어깨의 높이가 서로 다르거나 몸통이 한쪽으로 치우쳐 보이게 됩니다. 이 증세는 대부분 사춘기가 시작되기 전에 나타나는데, 키가 자라는 데 악영향을 끼치기도 하지만 성인이 되어서도 심장과 폐가 압박을 받아 활기가 없고 기운이 떨어지는 요인이 되기도 한다고 의학계에서는 말합니다.

'가슴을 펴고 허리를 자연스럽게 세운 후 등판을 가슴 쪽으로 살포시 밀어주는 좌선 자세'를 취합니다. 복부비만이 완화되고, 소화불량, 변비 등이 일거에 해소되고, 성장기에 있는 청소년들이 허리가 골반 쪽으로 휘어져

뒤틀어지고 질환이 생기기 쉬운 척추측만증을 방지하거나 교정할 수 있습니다.

또한 온몸에 기가 돌아 그동안 눌리고 움츠려져 있던 오장육부가 제자리로 돌아가 자연적으로 몸이 편안해집니다. 그리고 몸이 가벼워지고 피로가 풀려 기운이 샘솟을 것이며 기력이 떨어져 발생하는 감기몸살 같은 컨디션 난조를 걱정할 필요가 없게 됩니다.

올바른 좌선 자세는 기맥이 타통하고 잔병과 신경계

의 숙병이 일시에 없어지며 활력이 넘치는 일상생활이 될 것입니다. 평정하고 텅 빈 심리적 상태와 결합될 수 있다면 홀연 초집중 상태의 삼매에 이르게 됩니다.

수양에 힘쓰는 사람이면 모름지기 마음을 편안하게 하는 것보다 더 좋은 것이 없음을 알아야 합니다.

남회근 선생은 좌선수행 때 일어나는 심신의 생리학적 현상에 대해 "고도의 좌선수련을 거치게 되면 호흡이 지극히 경미해져 마치 중단된 것처럼 되기도 하고, 아랫배 부위에서 호흡과는 상관없이 열리고 닫히는 작용이 발생한다.

그리고 신장 부위가 팽창하는 듯 한 느낌이 진행되면 어떤 물체가 생겨 요동치는 듯 한 느낌도 든다. 생식기가 발기되고, 요도와 외음부, 그리고 고환의 신경이 미세하게 요동친다.

여성의 경우는 자궁진동과 수축, 그리고 유방팽창이 있다. 그리고 중추신경과 대뇌신경 부위의 기맥이 타통해 점차 아름다운 경계로 들어서 어느 순간 호흡을 따

라 왕래하던 기가 자연스럽게 끊어져 온몸을 가득 채우
며 지영보태(持盈保泰, 기가 가득 찬 상태의 지속)의 상태에 접어
들게 된다"고 말했습니다.

좌선방법

1. 결가부좌

넓적다리를 완전히 X자로 맞물리게 해 앉는 것을 말합니다. 다리를 틀어 접고서 몸을 곧바로 세워 통증이 일어나지 않을 때 마음은 하나로 집중됩니다. 수행이 증장하고 강해집니다.

2. 반가부좌

한쪽 다리만 허벅지 위에 올려놓는 것으로 이때 위쪽 다리는 되도록이면 허벅지 안쪽으로 당기면 좋습니다.

3. 평가부좌

다리를 서로 올려놓지 않고 눌리지 않게 마주 편하게 놓은 자세입니다. 이때 밑에 있는 다리는 발꿈치가 가급

적 외음부로 가도록 당겨 놓으면 좋습니다. 초심자나 기
맥이 막혀 통증이 많은 수행자에게는 통증이 덜하고 골
반에 무리 없는 자세인 평좌를 권합니다.

4. 수인(手印, mudra)

손의 형태인 수인은 신경 쓸 필요가 없습니다. 수행은
수인이 목적이 아니고 고요한 집중과 내면관찰이 목적
입니다. 손은 그냥 마음 가는 대로 두고 있다가 어느 정
도 집중력이 생겼을 때, 선정인(禪定印, 양손의 엄지손가락을 서
로 겹치게 붙임) 하면 됩니다. 편안히 서로 손끝을 맞대고만
있어도 무방합니다. 수인의 필요성을 대체로 두 가지로
이야기합니다.

첫째는 수마(睡魔, 깊은 수면의 세계)와 혼침을 벗어나게 하
기 위함이며, 둘째는 인체의 원활한 기 순환을 위해서라
고 합니다. 그러나 이보다 급선무는 수행의 집중이기 때
문에 수인의 형식에 사로잡힐 필요는 없습니다. 수인을
하고도 공부에 지장이 없다면 그때 수인은 좋은 역할을

할 것입니다. 그런데 '이렇게 수인이 좋은 역할을 할 것이다'라고 하면 사람들은 공부가 자리 잡기도 전에 먼저 수인부터 들고 맙니다. 다시 말씀드리지만 수인은 참선의 목적이 아니고 후차적인 사실이라는 것을 상기하시기를 바랍니다.

5. 눈과 시선

눈은 선정을 익히는 사마타적 호흡명상을 할 경우에는 반드시 감은 상태에서 수행해야 하고, 지혜를 계발하는 위빠사나 명상이나 화두를 수행할 경우에는 감아도 되고 떠도 됩니다. 내면관찰 수행에서 눈을 감고 뜨고의 판단은 집중이 잘되는 방법을 선택하면 됩니다. 수행의 방법을 다룬 책을 보면 저마다 다른 방식을 주장하고 있어 혼란이 올 것입니다. 이는 한 가지 방법의 수행만 해온 결과입니다. 열반의 문으로 향한 수행의 길은 수행자의 근기와 전생의 수행 바라밀에 따라 다양하기 때문에 굳이 한 가지 방법에 포커스를 맞출 필요는 없습니다. 좌선할 때 눈은 감지 말고 반쯤 뜨라는 것은 눈을 감고 좌선하면 졸음이 오는 것을 피하기 위함이라고 하는데, 이는 사람마다 다를 수 있습니다. 이는 수행자 스스로가 맞는지, 안 맞는지를 판단해 방법을 취하면 됩니다. 시선 또한 눈앞에 두거나 또는 3미터 앞쪽을 가볍게 응시해야 한다고 하는데, 시선이란 화두나 마음을 잘 챙길 수 있는 곳에 두는 것이지 별도로 시선을 두는 방법이 있는 것이 아님을 알아야 합니다. 수행은 어떤 격식이 아니라 자기마음을 깨치는 것에 목적이 있습니다.

6. 방선(放禪, 좌선을 마칠 때)

방선할 때는 자리에서 곧바로 일어서지 말고 자세가 흐트러지지 않게 마음을 잘 챙기면서 옆 수행자에게 지장을 주지 않는 범위에서 몸과 다리를 천천히 흔들어주고 기혈을 좀 돌린 후, 각자의 신앙에 따라 기도를 올린 후 좌복에서 천천히 일어나야 합니다. 좌복에서 일어날 때도 수행을 놓치지 않아야 하고, 일어난 후에도 계속

행선으로 이어지거나 행주좌와에 빈틈없이 염념상속
되어야 합니다. 방선은 수행의 연장입니다. 입선할 때
자비관으로 자기 마음을 정화해 참나를 찾는 기초를 만
들 듯, 방선할 때도 각자가 믿는 신에게 기도하며 대원
력심(大願力心)을 쌓아나가야 합니다.

5

통증 해결하기

수행 중 통증해소

　좌선할 때 다리, 어깨, 등판, 허리 등에 일어나는 각종 통증, 즉 당기거나 아프거나 우릿하거나 마비되는 느낌이 오는 것은 그동안 굳어진 몸 때문이거나, 신장, 신상선, 성선, 뇌하수선 및 일종의 신경쇠약이거나, 척량골을 지나치게 세워 허리에 부담을 주게 되어 일어나는 경직현상 혹은 막힌 나쁜 기가 뚫리려고 일어나는 명현현상입니다.

　무리하지 않는 좌선 자세를 취해 지속적으로 수행하다보면 얼마 가지 않아 온몸에 기맥이 타통해 아프거나 저린 현상이 사라집니다. 이러한 통증이 있을 때 적절한 운동과 함께 마음이 반응하는 것을 봄으로써 통증의 실체를 알아 통증에서 벗어나는 방법이 있습니다. 위빠사나적 내면관찰을 통해 통증을 이해하는 방법이 있고, 반대로 정신집중 수행인 사마타 수행으로 통증을 효과적으로 극복하는 방법이 있습니다. 통증에 마음이 반응하는 것을 보는 방법은 일단 마음을 차분히 가라앉히고 아픔으로 마음이 반응하는 것, 즉 싫어하는 마음이 일어나면 그 마음부터 먼저 보아야 합니다.

통증을 보는 것은 중요하지 않습니다. 마음의 반응이 중요합니다. 아플 때 마음이 어떠했습니까? 괴로워하고 싫어하고 못 견뎠습니다. 그럴 때의 감정을 보아야 합니다. 마음상태가 어떠합니까? 그 마음을 보는 것이 중요합니다. 사실 아프면 마음이 긴장하게 되는데 이것을 참아야 한다는 생각 때문에 더욱 긴장하게 됩니다.

우선 긴장을 놓으십시오. 그리고 '통증이 없어지려면 없어지고 말려면 말아라. 어찌 되든 상관없다'는 마음자세로 그냥 긴장된 느낌과 갑갑한 느낌을 놓아버리십시오. 그래도 마음이 긴장하고 있습니까? 풀어져 있습니까? 그렇게 긴장을 풀고 보았는데도 도저히 아픔을 견딜 수 없을 때는 자세를 바꾸어도 됩니다. 단, 자세를 바꾸고 있다는 걸 알면서 바꿔야 합니다.

일단 마음상태를 보고 또 보려고 노력하다 도저히 안 될 때 자세를 바꿔야 하지, 처음부터 아프다고 이리저리 바꿔서는 안 됩니다. 그러나 언제든지 내 마음에 따라 바꿀 수 있다고 마음먹어야 합니다.

다리가 아파도 무조건 참아야 한다는 생각은 마음에 긴장을 줄 수 있습니다. 수행이라는 것은 몸과 마음의 긴장을 내려놓는 이완이 가장 중요합니다.

통증의 성질을 깨치는 통증관찰 수행법도 있습니다. 이 수행법은 미얀마 고승 순룬 선사(Sunlun Sayadaw, 독특한 호흡수행법을 창안한 미얀마의 근대 고승)의 지도법인데, 집중력을 높이고 통증을 이겨내는 정신력을 배양한다는 점에서 매우 효과적인 방법입니다. 그 수행법을 소개합니다.

등을 똑바로 세우면서 오른손을 왼손 안에 두고 팔을 몸 가까이 붙입니다. 일단 자세를 고정한 후에는 바꾸어서는 안 됩니다. 그런 다음 45분가량 호흡하는데, 코끝에 호흡을 주시한 채 호흡을 강하고 빠르게 합니다. 그러고 나서 들이쉰 숨을 갑자기 멈추고, 마음을 가라앉히면서 자연스런 호흡으로 몸 안을 빈틈없이 전심전력으로 관찰합니다. 가장 크게 느끼는 감각에 마음을 집중해야 하는데, 무심코 지나치지 말아야 합니다.

감각이 가장 크게 느껴지는 곳으로 주의를 돌리지 않으면 현재를 즉각 파악할 수 없습니다. 강하고 격렬하고 신속한 호흡은 바깥 소음을 차단하고 마음을 조절하는 데 도움을 줍니다.

통증이 약해지면 약해지는 것을 알아차리십시오. 강해지면 강해지는 것을 알아차리십시오. 모든 생각은 개념입니다. 감각을 잡으려고도, 따라가지도 마십시오. 아픔이 일어날 때는 아프다는 사실을 즉각 감지하고, 지금 감각이 일어나고 사라지는 바로 그곳에 마음을 집중하십시오.

괴롭고 고통스러울 것입니다. 이러한 것을 피하기 위해 가장 뚜렷하게 느껴지는 감각에 마음을 집중해 성성한 알아차림이 유지되고 마음이 감각을 관통했을 때 더 이상 내가 고통 받고 있다고 느끼지 않게 됩니다.

더 이상 불편함을 느끼지 않고 조금 전에 아프고 뜨겁게 느껴졌던 감각이 지금은 고통 없이 강한 감각으로만 느껴지며, 불쾌한 감각도 무상의 법칙을 따르므로 곧 소멸하게 됩니다.

보이는 것에는 보이는 것만, 들리는 것에는 들리는 것만, 감각 되어지는 것에는 감각되어지는 것만, 생각되어지는 것에는 생각되어지는 것만 있어야 합니다.

다리통증 해소

조금 아픈 경우라면 바꾸지 말고, 많이 아픈 경우에는 억지로 참으려고 하면 더 힘들어지니 마음에 긴장을 풀어주고 자연스럽게 몸을 바꾸십시오.

수련하다보면 몸이 저절로 좌선 자세에 익숙해지기 때문에 미리 걱정할 필요가 없습니다. 통증은 마음의 이치에 따라 쉽게 극복되기도 합니다. 서면 앉고 싶고 앉으면 눕고 싶은 것처럼 아무리 편안한 자세로 눕더라도 조금 있으면 몸을 또 움직여야 합니다.

다리 또한 아무리 바꾸어도 시간이 지나면 또 바꿔야 한다는 몸의 변덕스러움만 자각해도 다리 자세는 마음먹기에 따라 길들일 수 있음을 알게 될 것입니다.

몸은 삼매를 얻지 않고는 아무리 편한 자세를 취한다 해도 한 자세를 오래 유지할 수 없습니다. 그래서 5분, 10분, 20분씩 점차 움직이지 않고 좌선하겠다고 마음먹어야 합니다. 그러면 한 시간의 좌선에도 몸이 길들여질 것입니다. 이처럼 다리 통증은 스스로 적절히 자기에 맞게 대처하면 될 것입니다. 억지로 자세를 바꾸지 않으려는 마음 자체도 도리어 공부에 장애가 됨을 인지하고 중도를 잘 취하면 터득할 수 있습니다.

처음부터 잘 앉으려고 하지 마십시오. 몸도 마음도 그냥 자연스럽게 흘러가도록 마음을 두고 편하게 좌선에 임하십시오.

다리가 아프면 '언제든지 바꾸면 되지. 뭐, 미리 걱정할 필요 있나' 하는 마음으로 말입니다. 그렇게 편안한 마음으로 정진하다보면, 수행의 힘과 집중력이 향상되어 몸이 가벼워지는 경안각지(輕安覺支)를 얻게 됩니다.

경안각지는 일곱 가지 깨달음의 토대가 되는 칠각지 중 하나로, 몸이 새털같이 가볍고 고요해지는 경지를 말합니다. 그렇게 되면 좌선 그 자체가 선열위식(禪悅爲食, 선의 희열을 음식으로 삼는다)이 될 것입니다.

허리통증과 좌골신경

허리 통증과 다리 저림 현상은 평소에 익숙하지 못한 자세 때문에 근육이 경직되어 발생하는 일시적 현상입니다. 시간이 지나면 근육이 이완되어 괜찮아지지만 신장과 관계된 부위의 허약함으로 발생한 병이라면 무리한 정력 낭비를 유의해야 하고 적절한 의학적 치료를 병행해야 합니다.

잘못된 좌선 자세와 지나친 좌선수행으로 발생한 허리 통증과 좌골신경통은 의술로서는 일시적으로는 효과가 있을지 몰라도 완전한 치유는 되지 않습니다. 수행 중 일어난 일은 수행으로 바로잡아야 합니다.

수행 중 발생한 허리 통증은 대부분 척량골을 세운답시고 허리를 지나치게 세운 잘못된 좌선 자세의 결과이니 좌선 자세만 잘 잡으면 통증은 없어집니다.

방법은 앞에서와 같이 허리를 세우되, 허리에 마음을

두지 말고 등판에만 마음을 두고 '가슴을 활짝 펴고 허리를 자연스럽게 세운 후, 등판을 가슴 쪽으로 살포시 밀어주는' 좌선 자세를 취하면 됩니다.

이와 동시에 허리 강화 운동을 병행해야 합니다. 허리 강화 운동은 윗몸일으키기와 등산이 가장 좋습니다. 그 중 윗몸일으키기가 좋은데, 무리하시 말고 자기 근력에 맞는 횟수만 하면 됩니다. 하루에 한 번, 30초에서 1분만 투자해도 허리 통증이 몰라보게 줄어듭니다.

그렇게 하루에 두 번 윗몸일으키기를 하면 허리근육이 강화되어 허리 통증에서 해방됩니다. 윗몸일으키기의 횟수는 약간 힘들구나할 정도면 됩니다. 절대로 무리하게 할 필요가 없습니다. 계속하다 보면 저절로 횟수가 늘어나기 때문입니다.

등산도 허리 강화 운동으로 좋습니다. 특히 좌골신경통에 좋습니다. 좌골신경통은 백약이 무효입니다. 좌골신경통은 앓아본 사람 아니면 모릅니다. 좌골신경통의 특약은 바른 자세와 등산뿐입니다. 등산은 15~30분짜리 오르막길을 택해 허리에 묵직한 느낌이 올 정도와 온몸에 땀이 한 차례 쏟아질 정도의 속도로 하는 것이 좋습니다.

이렇게 사흘만 등산해도 온몸의 노폐물 배출되면서 활기가 샘솟고 허리 통증과 좌골신경통이 완화되는 효과를 보게 됩니다. 만약 등산이 여의치 못하면 백팔 배 기호흡법(남자는 15분, 여성은 20분 정도)을 해주면 효과가 탁월합니다.

이 책의 모든 기록은 철저히 경험에 입각한 것이지, 그냥 어디서 보고 어설프게 옮긴 것이 아닙니다. 수행의 실제 상황은 책에 나오기 쉽지 않습니다. 숲 속의 수행 승들은 여러 가지 실제 상황을 체험합니다. 책 속에 없는 실재를 체험할 수 있게 됩니다.

6
생활 속 명상

생활 속 명상

참선은 일상생활과 함께 있어야 합니다. 일상 속에 참선이 있어야 수행이며 선의 정신입니다. 일상에 깨어 있으십시오.

일상을 놓치면 공부가 어렵습니다. 일상생활 속에서 선이 있게 하는 것은 간단한 일입니다. 일상생활 가운데서 일어나는 마음을 알아차리고 조정하면 됩니다. 그러면 일과 마음은 하나가 됩니다. 일상에 선이 없으면 일하는 중에도 여러 경계에 휘둘리게 됩니다.

어차피 할 일은 주어진 환경과 업력으로 하게 됩니다. 이러한 현실을 긍정적으로 받아들여야 합니다. 기왕에 할 일이라면 기분 좋게 하십시오. 선의 기본정신은 마음 내려놓기입니다.

일도 공부입니다. 어떤 일을 하더라도 그 업무가 싫고 귀찮아지면 이것도 공부라 생각하십시오. 일은 일일 뿐입니다. 일이 싫은 것은 그 일을 하기 싫어하는 마음 때문이지, 일 자체에 문제가 있는 것은 아닙니다. 일도 공부 삼아 싫고 귀찮은 그 마음을 관조하며 단지 바라볼 뿐, 그 마음에 반응만 안 하면 싫은 마음도 잠시뿐입니다.

마음은 신비합니다. 분노와 번뇌의 발상지도 마음이지만 그것을 치유하고 지혜와 자비로 재생할 수 있는 해독제도 마음입니다. 하는 일이 아무리 힘들어도 우리 마음의 본바탕은 원래부터 또렷하고 깨끗해 번뇌가 없습니다.

이 마음을 알아차리고 관조하는 정신만 깨어 있으면 그것이 선이기 때문에 거부하는 마음이 없어집니다. 다만 우리 스스로 그림을 그렸을 뿐입니다. 마음이 선과 함께 있는 한, 일상사에 싫고 귀찮고 거부하는 마음이 없어지고 맙니다.

일상생활 속에서 일어나는 일들을 그냥 지켜보는 것이 생활 속의 훌륭한 참선이 됩니다. 이것이 바로 생활 속 명상입니다. 수행이란 마음의 활동을 지켜보는 것입니다. 무슨 말일까요?

일상생활의 일거수일투족을 관찰하고 챙기는 앎과 봄을 말합니다. 앎과 봄은 지금 여기 현재 순간에서 일어나는 현상을 알아차려 지켜보는 관조입니다. 마음을 알기 위해 또 하나의 '아는 마음'인 인식 주체 아(我)의 관찰자가 작동하는 것입니다.

이 순간에서 우리의 일상생활은 앎의 선상에 있습니다. 보고 듣고 말하고 먹고 움직이는 일상의 모든 행위인 행주좌와(行住坐臥)어묵동정(語默動靜) 그 어디에도 '아는 마음'의 앎이 존재하고 있습니다.

다만, 우리 스스로 그것에 깨어 있지 못할 뿐입니다. 이러한 앎은 시각에 의해 아는 앎과, 후각, 청각, 미각, 촉각의 앎과, 이러한 앎을 인식하는 앎이 있습니다. 앎과 봄은 조고각하(照顧脚下, 자기 발밑을 살펴보고 지금 자기의 존재를 자각하는 의미)입니다.

우리 자신을 살피는 능력이 부족하면, 유흥을 즐길

때 그 유희에 빠져 자기가 어떤 상태인지도 모른 체 들떠 있게 되고, 곤란한 일을 겪을 때는 비탄에 잠겨 자기를 보지 못하고 괴로움에 몸과 마음이 약해지고 맙니다.

지금부터 수행에 동기부여를 하고 믿음을 가져 주의력과 열의가 부족해지지 않도록 항상 수행 습관을 들여야 합니다. 작심삼일만 넘어서면 인생이 보입니다. 우리는 현재 살고 있어도 살고 있는 것이 아니고 매 순간 자기를 죽이고 있습니다.

생물학적으로 죽어야 죽는 것이 아닙니다. 자기가 자기를 모르고 매 순간 잃어버리고 사는 것이 죽은 것이 아니면 무엇이겠습니까? 최소한 하루 5분이라도 깨어 있으십시오. 자기가 무엇을 하는지 알면 살아 있는 것이요, 모르면 죽은 것임을 명심하고 일상생활 속에서 항상 마음을 챙기며 생활 속 명상을 하십시오.

평상심시도(平常心是道). 평소에 쓰는 마음이 도를 나타냅니다. 평소를 놓치지 않는 것이 진정한 생활 속 명상입니다. 생활 속 명상은 순간순간 내가 어떻게 처신하고 있는지 먼 데서 찾지 말고, 밖에서도 찾지 말고, 자기 안에서 현재 상황을 스스로 살펴보는 알아차림이요, 마음 챙김(念)입니다. 알아차림은 깨어 있는 삶입니다. 그러므로 우리는 존재합니다. 이 앎을 보는 것이 바로 깨어 있는 지혜의 통찰수행이요, 마음 바라보기 수행입니다.

일상생활 속에서 이루어져야 참선이지, 앉아 있는 것만으로는 참선이 아닙니다. 운전하는 시간, 가족이나 동료와 대화하는 하루 서너 시간 동안에 우리는 아주 훌륭한 선수행을 할 수 있습니다.

그 수행방법의 기본 골격은 일상사에서 일어나는 일을 단지 앎과 봄으로 지속되게 하면 됩니다. 즐거우면 즐거운 대로, 속상하면 속상한 대로, 화나면 화나는 대로 일어난 일을 분별하거나 심판하지 말고 그냥 앎과 봄만 유지하도록 하십시오.

일어난 일에 그 어떤 견해도 넣지 말고 제3자의 입장에서 객관적으로 지켜만 보라는 말입니다. 앎과 봄 속에서 용해되지 않는 것은 아무것도 없습니다. 이것이 마음을 정화하기 때문입니다. 이 말은 논리적 사고를 넘어선 체득의 사항으로, 이러한 앎과 봄이 바로 생활명상입니다.

걷기명상

생활명상의 예로 걷기명상을 들어보겠습니다. 조용히 걷는 것을 일반적으로 산책이라고 합니다. 걷는 것을 왜 산책이라고 했겠습니까? 산책의 '책(策)'은 책략과 꾀와 생각을 뜻합니다. 머리를 비우려면 생각을 내려놓아야 합니다. 머리를 쓰는 생각, 즉 책략을 내려놓고 흩어지게(散) 하는 것이 산책입니다. 그래서 큰 스승들은 산책을 수행으로 전환하는 포행(布行)이라고 했습니다.

포행이란 걸으면서도 수행을 드리운다는 의미로 걷는 것도 수행으로 삼으라는 말입니다. 즉, 천천히 걸으면서 참선한다는 것으로, 포행을 공부로 삼을 때 행선이요, 경행이 됩니다. 이를 걷기명상이라고 합니다.

걷기명상은 일정한 거리를 정해 두고 그 거리에서 왔다갔다 걷는 수행으로 좌선의 연상선상입니다. 좌선할 때 마음이 잘 다스려지지 않을 경우에는 걷기명상을 하면 훌륭한 수행이 됩니다. 식사를 마친 뒤 좌선하다가 졸음이 오는 경우나 집중이 안 될 때 자리에서 일어나 걷기명상을 하십시오. 걷기명상은 이로움이 있습니다.

❶ 생각을 가라앉힐 수 있습니다.

❷ 병을 줄일 수 있습니다.

❸ 음식을 잘 소화하게 합니다.

❹ 오랫동안 선정에 머물게 합니다.

❺ 먼 길을 갈 수 있는 힘이 생깁니다.

붓다는 걷기명상을 칭찬했고, 직접 걷기수행도 했습니다. 고대경전을 보면 앉아서 좌선만 한 것이 아니라 걷기명상도 한 것이 분명합니다. 붓다의 최고 비서실장인 아난 대장로도 마지막 아라한 도를 깨치고자 할 때, 어떤 수행 자세가 좋을지에 대해 이렇게 고찰했다고 합니다.

"누운 자세는 졸음이나 혼침에 가깝다. 아무리 주의를

기울여 집중하더라도 시간이 지나면 살짝 잠 속으로 들어가기 쉽다. 그것에 비해 좌선이 낫지만 이 자세 또한 아무리 조심해도 시간이 지나면 *끄떡끄떡* 흔들리게 될 것이다. 그래서 좌선보다는 서서 움직이는 것이 더욱 마음을 놓을 수 있을 것이다. 그렇다면, 걷기명상이 가장 좋은 수행 자세가 아니겠는가."

걸으십시오. 걸으면 건강에도 좋습니다. 걷기에 명상의 효과가 나도록 수행법을 가미하면 그것이 걷기명상입니다. 건강도 얻고 수행도 되고 일거양득이 됩니다. 걷기명상에 응용할 수행방법은 다음과 같습니다.

❶ 호흡관찰을 하면서 걷는 것입니다.

❷ 자기의 걷는 모습을 또 다른 내가 관찰하며 지금 이 순간의 생각을 알아차리며 걷는 것입니다.

❸ 발이나 다리(무릎 이하)의 움직임을 관찰하며 걷는 것입니다.

호흡관찰을 하면서 걷는 것이란, 숨 쉬는 것을 알아차

리면서 걷는 것입니다. 안반선 수행으로 숨 쉬는 것을 알면서 경행을 하면 잡다한 생각이 정리되면서 마음이 평안해집니다. 그 평안 속에 삶의 출구인 지혜의 마술이 피어오릅니다. 호흡을 관찰할 때는 호흡을 조절하거나 간섭하지 말고 알아차려야 합니다. 호흡관찰 걷기명상을 하면 호흡이 떠나지 않고 동시에 생각이 보이게 됩니다. 생각 속에 빠지면 망상이요, 알아차리면 지혜입니다.

자기의 걷는 모습을 또 다른 내가 알면서 몸의 느낌이나 생각을 관찰하면서 걸으십시오. 지금 이 순간 생각이 일어나면 일어나는 것을 알아차리면서 어떤 내적 속삭임도 내려놓고 묵묵히 침묵 속에 걸으십시오. 생각이 일어난 곳에는 마음이 있습니다.

이러한 관찰수행의 효과는 무의식 속에서 일어나는 일거수일투족을 놓치지 않고 깨어 있는 훈련이 되어 어디서든 수처작주(隨處作主, 서 있는 그 자리가 주인공)가 됩니다. 이 고요한 침묵 속의 걸음을 알아차리는 것은 통찰을 계발하는 훌륭한 수행이 됩니다. 걷기명상은 식후나 또는 이른 아침, 어느 때나 좋습니다. 특히 식후에는 그냥 앉거나 눕지 말고 30~40분 걷기명상을 하십시오. 식후의 걷기명상은 소화를 돕고 식곤증을 없애 줍니다. 걷기명상은 건강도 얻고, 마음공부도 되며 만병의 근원인 스트레스로부터 탈출하게 됩니다. 건강 속에 기쁨이 있습니다. 살아 있는 한 건강한 것이 좋습니다.

몸은 움직이는 법당(명상실)입니다. 법당이 튼실해야 붓다도 있고 인생도 있습니다. 건강할 때 건강하십시오. 건강도 수행입니다. 이른 아침의 걷기명상은 정신을 맑게 해주고 에너지를 일으켜줍니다. 마음 또한 매우 평화롭게 됩니다. 깊은 깨우침도 걷기명상 중에 얻을 수 있습니다.

걷기명상 준비

산책하기 위해 걷는 명상 외 본격적 걷기명상에는 몇 가지 준비가 필요합니다. 먼저 나만의 경행대를 개발하십시오. 경행로의 길이는 서른 걸음 내외의 반듯한 길을 고르면 됩니다. 장소는 거실이나 마당, 또는 한적한 공원의 적당한 길을 활용할 수 있습니다.

걷기명상은 좌선과 적절히 병행해 수행하면 침묵 속에서 행복을 경험할 수 있습니다. 걸을 때 가슴을 앞으로 내밀고 눈을 지긋하게 반쯤 연 상태에서 걸으십시오. 경행대의 가장자리에서 몸과 마음의 긴장을 푼 다음 자연스런 걸음으로 왕복합니다. 시선은 3~4미터 앞에 둡니다. 이때 주의할 점은 주위를 산만하게 살피지 않는 것입니다. 주위를 보게 되면 집중력이 떨어집니다. 맨발로 걸을 수 있는 땅의 촉감을 알아차리면서 그 느낌에 집중하면서 걷는 것도 좋은 수행이 됩니다.

걷기명상은 항상 내적 속삭임의 망상을 알아차리고 발과 다리의 움직임에 초점을 맞추어 모든 발걸음이 명확히 관찰될 때까지 주의를 기울이는 것입니다. 좌우 발걸음을 경행대의 끝에서 돌아서서 반복될 때까지 놓치지 않고 주의 깊게 관찰하십시오. 모든 것을 내려놓고, 이 한 걸음에 깨어 있어야 합니다.

경행대의 끝에서 끝까지 왕복하는 오른발과 왼발의 모든 움직임의 과정을 놓치지 않고 관찰하십시오. 오른발과 왼발의 모든 걸음을 한 번도 놓치지 않고 경행대에서 7~8회 왕복하는 것을 관찰할 수 있다면, 그 다음부터는 왼발의 움직임 전체를 관찰하는 걷기수행을 해야 합니다.

즉, 왼발이 지면에서 들리는 순간부터 발의 움직임 전체를 놓치지 않고 관찰하는 것으로 전환하십시오. 몸의 무게와 발에서 일어나는 모든 감각을 느끼고 살피면서 다리를 들어 올리고, 앞으로 내딛으면서 지면에 닿는 발의 동작을 면밀히 관찰하십시오. 그렇게 지속적인 알아차림이 유지되면, 오른발에 대해서도 똑같은 방법으로 알아차림을 계발하면 됩니다.

한 번의 깨짐도 없이, 걷는 모든 순간에 편안하게 주의력을 유지시키면서 20분 동안 걸을 수 있을 때, 여러분은 걷기수행의 네 번째 단계인 '걷기에 대한 알아차림'에 도달한 것입니다. 이때는 걷는 과정이 완전히 주의력을 장악하고 있어 마음이 산란해질 수 없습니다. 여러분은 이것이 일어날 때 스스로 알게 됩니다.

삼매의 고요함이 들고, 매우 평화로워지기 때문입니다. 20~30분의 걸음을 연속적으로 알아차릴 수 있을 때 완전한 달인의 경지에 이르렀다고 할 수 있습니다. 새소리, 물소리, 바람 소리 같은 외부의 모든 소리가 시야에서 사라집니다. 걷는 것을 아는 것 외에는 텅 빈 절대고요입니다.

구름 속을 걷고 있는 것처럼 마음이 가볍고 기쁩니다. 걷는 것을 인식하지만 걷고 있는 것이 아닌 것처럼 느껴집니다. 공기의 터널 속으로 걷는 것 같습니다. 평화롭습니다. 즐겁습니다. 한적한 시골 풍경처럼 아름다운 걸음입니다. 이를 아잔 브람은 '아름다운 걸음'으로 표현했습니다.

한 걸음, 한 걸음 집중하는 데 매료되면서 고도로 집중된 삼매를 체험하게 됩니다.

운전명상

　생활명상의 두 번째는 운전명상입니다. 운전을 수행의 대상으로 삼아 명상하는 것인데, 운전명상의 첫 번째 방법은 호흡관찰을 하면서 운전하는 것입니다. 호흡관찰 속에서 운전하면 피곤이 덜하고 생활의 영감이 떠오릅니다.

　운전과 동시에 호흡관찰이 잘 이루어지면, 그때는 운전명상의 두 번째 방법인 내가 운전하고 있는 것을 알면서 운전하는 앎과 봄의 '위빠사나 운전'을 해야 합니다. 그렇다고 운전명상의 방법이 정해진 것은 아닙니다. 본인에게 맞는 방법을 선택하면 됩니다. 호흡관찰의 집중이 너무 잘되면, 삼매에 들어 운전하는 나도 잊어버릴 수 있기 때문입니다.

　생각을 끊어야 바른 생각이 나옵니다. 우리는 운전하거나 차를 타고 가면서 습관적으로 상념에 빠집니다. 그러한 상념은 그냥 공상이요, 망상의 수준을 넘지 못합니다. 생각이란 나와는 관계없이 시작해 생각의 꼬리가 꼬리를 물고 지나고 나면 아무것도 기억나는 것이 없으니까요. 노느니 염불한다고 마음먹으면 얼마든지 운전대를 잡고 수행할 수 있습니다. 습관을 들여야 합니다. 습관이 들어야 운전대를 잡을 때 무의식적으로 호흡관찰을 하게 됩니다.

숨 쉬는 것을 알기만 해도 우리 몸속에 기쁨 물질인 엔도르핀이 생성되어 즐거울 것입니다. 몸과 마음이 안정되고 편안해 집니다. 세로토닌(행복물질)이 생성되면 휴식의 극치입니다. 숨 쉬는 것을 알려고 하는 마음이 일념이기에 그 일념은 무심이 되고, 이 무심의 찰나에 자기 안의 나를 만나게 됩니다. 일념만 되면 염라대왕도 어쩌지 못합니다.

명상을 하다보면 그동안 풀지 못하고 막혀있던 일들이 순식간에 풀려 지혜와 안목이 생기는 내 마음의 소리를 듣게 됩니다. 이 마음의 소리는 내 안의 나를 만나게 된 것을 말합니다. 자기 소리를 들어야지, 남의 소리 천만 번 들어보아야 아무 소용이 없습니다. 생각을 내려 놓아야 내 안의 진짜 주인공을 만날 수 있습니다. 이것 이 불가에서 누누이 말하는 "마음을 비워라!"입니다.

어떤 일을 하다 번뜩 아이디어가 떠오를 때 즉시 메모 해두지 않으면 잊어버리듯 지혜의 샘물은 지속적이지 못할 경우가 더 많습니다. 설령 좋은 생각이 떠오르더라 도 이러한 사념은 어떤 경우든 우리의 마음을 평안하게 만들어주지 못합니다. 그러한 생각이 우리의 마음을 비 우게 하지는 못하기 때문입니다. 도리어 생각에 생각을 더해 생각의 연속선상에 물들어가게 할 뿐입니다.

생각을 놓아야 머리든 가슴이든 시원하게 비워집니 다. 비우는 것이 명상입니다. 지식은 쌓아야 얻을 수 있 고, 지혜는 비워야 얻을 수 있는 것입니다. 지식은 쌓는 만큼 많아지고, 지혜는 한가하고 구하지 않는데도 얻어 집니다.

대화명상

세 번째 생활명상은 대화명상입니다. 대화명상은 쉽고 간단합니다. 마음만 먹으면 됩니다. 대화할 때 자신의 말을 자신이 알면서 대화하면 되는 것으로, 자기의 말을 자기가 들으며 대화하는 것입니다.

우리는 대화 속에서 주의력이 부족하면 대화의 초점을 놓치게 되거나 어떤 경우는 대화를 하다가 뜻이 맞지 않으면 기분이 나빠지고 감정이 격해져 자기가 어디 갔는지도 모를 정도로 흥분하거나 화를 내게 됩니다. 우리는 화를 낼 때 그 성냄 속에 빠져 어느 아수라장에 있는지도 모릅니다.

화를 내고 나면, 몰골은 남이 가까이 오기 꺼릴 정도로 사나운 형상이 되어서는 남의 가슴에 뽑을 수 없는 화살을 박아 가슴속 응어리를 심어놓은 후에야 후회합니다. 그러나 이미 늦었습니다. 불교의 진리에 따르면,

화를 내면 자신의 모습이 흉해지고, 악몽을 꾸게 되고, 행운이 찾아오지 않고, 부자가 되지 못하고, 명성을 잃게 되고, 친구가 없어지고, 죽은 뒤에는 악처에 환생되는 일곱 가지의 인과응보를 받게 된다고 합니다.

화를 냈다면 늦었을지라도 당사자에게 진심으로 참회하십시오. 용서하며 사는 것이 인생입니다. 용서를 구해 안 될 것이 없습니다. 또한 각자가 믿는 신에게도 참회하십시오. 진심으로 참회하면 구원받지 못할 일이 없습니다.

잘못을 되풀이하지는 않겠다고 굳은 결심을 하십시오. 후회는 하지 마십시오. 후회와 참회는 다릅니다. 참회는 성찰이고, 후회는 괴로움입니다. 먼저 자기 자신부터 용서하고 들어가십시오. 왜 스스로 짐을 지고 살아야 합니까? 참회하고 용서해야 삶의 활력소가 생깁니다. 참회하는 마음을 일으킬 때는 중생의 마음이 붓다의 마음으로 돌아섰기에 용해되지 않을 일이 없습니다.

자투리명상

자투리명상은 노느니 염불한다는 식으로 일상에서 우리의 마음을 챙기는 것입니다. 매 순간 조금씩 자투리 시간을 놓치지 않고, 마음공부를 다잡아 한 발짝씩 나아간다면, 한 방울의 낙숫물이 바위를 뚫는 것처럼 문득 공부가 깊어져 한 마음을 비우는, 큰 깨침을 얻을 것입니다.

무릇 향기 있는 곳에 있으면 그 향이 자기도 모르게 몸에 스며들 듯 일 분이라도 자투리 시간을 놓치지 않고 명상한다면 그것으로 마음공부는 충분합니다. 참선은 자투리 일상을 놓치지 않는 데서 내공이 쌓는 것이지, 평상심을 놓치고는 백날 앉아 수행해도 얻기 어렵습니다. 자투리 시간에 항상 수행하는 사람이 좌선삼매에 들어가는 것은 시간문제입니다.

우리가 수행하는 이유는 몸과 마음에서 일어나는 것

들을 사실 그대로 알기 위해서입니다. 지금 현재에 무엇이 어떻게 일어나고 있는지, 왜 일어나고 있는지, 또 어떻게 없어지고 그치게 되는가를 알기 위해서입니다.

몸과 마음의 자연적인 성품을 알아 그 무엇에도 초연해지기 위해 마음이 일하는 것입니다. 단지 그것뿐입니다.

마음이 현재 차분한가? 마음이 지금 가라앉은 것을 알고 있는가? 그것을 지금 알아야 합니다. 지금 현재 일어나는 상태를 알아야 합니다. 현재의 상태를 앎은 '생각하라'는 것이 아니라 '바로 직접 알도록 하라'는 뜻입니다.

일상생활 중 몸과 마음이 하는 일을 제3자가 들여다보듯이 알고 보는 일의 앎과 봄이 생활명상입니다. 아침에 눈뜨고 일어나면서 문을 열고 화장실에 가 양치질을 하고 세수를 하고 옷을 입고 밥 먹고 말하고 주위를 둘러보거나 걷거나 앉거나 눕거나 자거나 먹고 마시며 그 순간 하고 있는 어떤 형태의 움직임이든 하나하나를 앎과 봄이 되면 그것이 깨어 있는 생활명상입니다.

원하는 것이 있으면 행동하지 않고 얻을 수 없습니다.
마음의 자유를 얻으려면 몸과 마음을 항상 붙여 몸이
하는 것을 마음이 다 알면서 해야 합니다. 지금 마음이
무엇을 알고 있는가? 일상에서도 주의를 집중하지 않으
면서 마음의 자유를 원하는 것은 씨를 뿌리지 않고 열
매를 얻으려는 격입니다.

"우리는 작은 뾰쪽탑 위에 방을 만들지 않고 지붕을
얹으려 하고 있지는 않은가?"

달리 마음의 집중을 계발하고 특별한 수행을 할 필요
는 없습니다. 자신이 하는 일에 마음을 집중하고 주의를
기울이기만 하면 됩니다. 수행은 자기가 하는 것입니다.

바로 지금 여기에서, 일상을 놓치지 않으면 그것이 수
행이 됩니다.

불면증명상

정신이 맑게 깨어 있지 못하고 흐리멍덩하게 비몽사몽 상태를 혼침이라고 합니다. 이러한 혼침은 수행자에게 달갑지 않은 일로 수행에 막대한 장애를 주기에 수마라고도 합니다. 반면에, 불면증으로 수행과 일상생활에 지장이 있는 사람이 있습니다.

그런 사람은 잠을 청할 때 마음의 긴장을 풀고 가만히 누워 숨을 쉬고 있는지 자연스레 지켜보는 호흡관찰을 하게 되면 자기도 모르게 잠이 오게 될 것입니다. 대개 잠을 못 이루는 사람은 이 생각 저 생각을 하고 있기 때문입니다. 그래서 호흡명상으로 한 생각을 꽉 묶어버리면 자지 않으려 해도 저절로 잠들게 됩니다.

복잡한 생각이 떠오르지 않게 하는 호흡관찰은 우리의 마음을 무심하게 만듭니다. 잠은 관념일 뿐입니다. 잠이 부족하다거나 잠을 자려는 생각을 내려놓아야 합니다. 불면증은 잠을 자야 한다는 강박관념일 뿐입니다. 그래서 불면증이 일어날 때 '이 몸뚱이는 내 것인데 잔다고 마음먹으면 자는 것이지 내가 잠을 못 잘 이유가 없다. 이것은 마음의 허상이 만들어낸 관념일 뿐, 이 마음을 지배하는 것은 나다' 하고 마음먹어야 합니다.

마음은 마음먹은 대로 됩니다. 마음은 몸의 지배자입니다. 우리 몸은 마음을 따라 반응하고 인식합니다. 색심불이(色心不二, 몸과 마음은 하나)이기 때문에 스스로 어떤 마음을 먹느냐에 달라집니다.

잘하려고 하면 긴장이 되어 잘 안 되는 경우가 많습니다. 그래서 억지로 잠을 자려고 하면 도리어 잠이 오지 않습니다. 잠은 잘 조건이 되어야 옵니다. 잘 조건이 아닌데 자려 하면 정신만 멀뚱거리게 됩니다. 잠이 안 올 때 자려고 애쓰지 말고 그냥 편안히 누워 마음을 고요히 한 후, 입술 위에 마음을 두고 호흡을 관찰하면 불면증은 사라지고 어느새 잠이 들어버리고 맙니다.

잠들지 못해도 호흡관찰의 명상효과로 가수면 상태

에는 들게 됩니다. 미국 하버드대 의대 교수인 로버트 월리스와 허버트 벤슨의 연구를 보면, 일곱 시간 수면에서는 산소 소비량이 8~10퍼센트 감소하는 반면, 명상을 하면 10분 이내에 평균 17퍼센트까지 산소 소비량이 감소했습니다. 이것은 깊이 자는 것보다 명상이 두 배 깊은 휴식을 준다는 것을 입증하는 것입니다.

잠은 관념일 뿐입니다. 이는 많은 수행승의 경험입니다. 잠을 많이 자야 한다는 관념만 내려놓으면, 명상을 통해 3~4시간 가수면상태가 되기 때문에 피로감은 사라지고 육체적 활동에 지장이 없게 됩니다. 다만, 스스로 수면부족이라 느끼기 때문에 불면증이 생기게 된 것입니다.

잠이 오지 않을까 두려워하지 마십시오. 불면에 애태우지 마십시오. 지금부터는 '까짓것 잠이 오면 자고 안 오면 이 기회에 참선공부나 실컷 하지 뭐!' 하는 마음으로 걱정하지 말고 일정시간에 잠자리에 드십시오. 잠을 자지 못했을 지라도 호흡명상에 집중했다면 적어도 가

수면상태의 효과를 보거나, 아니면 도통하든지 둘 중 하나일 것입니다. 호흡명상은 숨도 사라지게 하는 고도의 미세한 수행이기에 자칫 주의력이 떨어지면 자기도 모르게 아무 기억이 없거나 깊은 수면에 빠지기 쉽습니다. 잠을 안 자려 애를 써도 잘 수밖에 없는 상황이 되고 마는 것입니다.

그대여!

마음을 흥분시키지 말고 평온 속에 안주하라.

마음을 단속하지 못하면 곧 죄악이 잉태되리.

기쁨을 찾아 나서지 말고 선좌(禪座)에 만족하라.

유혹에 지고 나면 수행은 곧 바람결에 흩어지리.

수마(졸음과 혼침)에 빠지지 말고 명상을 계속하라.

수마에 빠지면 곧 무지의 해독(害毒)이 그대를 정복하리.

_〈밀라래빠 십만송〉